U0082849

我們都在咖啡店

YABOO 鴉埠姊妹交換日記

推薦序

安頓身心的城市角落

劉冠吟（《小日子》雜誌發行人）

接到寫序的邀請時，我的腦海中閃過我與鴉埠的「人生跑馬燈」。大概七年前，我約了朋友到鴉埠，跟大家宣布我要去鴻海工作；大概四年前，我約了一群好友到鴉埠，跟大家分享我的《小日子》計畫；大約兩年前，我的好友失去至親，我們一群人聚在鴉埠，我還記得大家圍在店裡那面紅色的牆，聽他談著家人的離去，跨過他含著淚水的雙眼，背後坐著一對看起來剛交往的情侶，傷痛與甜蜜，安安靜靜地並存在鴉埠。

《小日子》啟動以後，我跟Tina及Emily的交往就更深了。姊姊Tina幫我們寫了不少稿，也是我們44期《創作的空間 夢想的生活》的封面人物；妹妹Emily是我們店裡咖啡豆的合作烘豆師，也是我們第54期《當城市睡著了 我們還醒著》的封面人物。然後因為她倆太受歡迎，去年《小日子》又找了她們合體發功，幫我們做了一場創業講座，以及幫我們的廣告客戶拍啤酒廣告。

寫到這裡，讀者可能會以為我是個沒朋友的人，所以才一直找自己僅存的朋友來幫忙，才不是啦，Tina跟Emily就是一對神奇的姊妹，讓人忍不住跟她們糾纏，就像我前述的，不知為何，我總是喜歡在鴉埠宣布人生大事。鴉埠是一個不張揚但很有存在感的地方，每次進去都讓我覺得「在這邊做什麼好像都可以」，碰到什麼煩心的事，就找Tina或Emily去陽台抽根菸吧，人生似乎也沒那麼困難了。

有一次我到店裡，Tina問我：「最近還好嗎？」我隨口說著最近比較難睡覺，然後頸肩僵硬，晚上她傳訊息給我，告訴我她覺得規律運動真的很重要（那封訊息很長，所以我下略一千字），在她的苦口婆心之下，我重拾了荒廢多年的運動習慣，一直維持到現在。Tina是這樣一個人，把每個人細細地放在心上。辦創業講座那天來了很多抱著咖啡夢的年輕人來看姊妹倆，我以為姊妹會多多行銷鴉埠，結果Emily當頭就澆了一大盆冷水，告訴大家開咖啡館有多難活，事前準備的工作有多重要。Emily是這樣一個人，虛偽客套的東西她完全做作不來。

大家常說咖啡館就是一個城市最美的風景，我說鴉埠就是台北的縮影，Tina跟Emily就是台北女生的典型，兼容並蓄，什麼都有可能，有時覺得很有力，有時覺得很療癒。

推薦序　永康街的溫馨角落——YABOO啊不！的少女驚嘆號

陳念萱（作家）

木屐、夾腳拖、布鞋、球鞋、短靴或平底鞋，哪一雙適合走路？

步行，是一座城市最友善與性感的面貌。慢悠悠地踱步，無思無想無慮，眼睛好整以暇地瀏覽，觀看周遭生活圈的業態變化，細細地感受著城市經濟的律動。同樣的角落，折騰幾年換了十幾種商家，忽然，一陣敲打過後，安定了下來，起死回生般地活了三、五年，像奇蹟。其實，這門生意並不起眼，起初亦未被看好，卻在不知覺間，融入了鄰里，形成一道風景。

那天，有點熱，我穿著一路敲響路面的木屐，喀喇喀喇地拖曳，沿著新生南路轉進金華街再鑽進永康街巷弄裡。由於木屐無法走得太快，我的眼睛有餘裕探看門面嶄新的小店。木屐無法長途跋涉，很快便需要坐下來，找藉口喝一杯。

周間非假日的白天，有院落的YABOO Café 招牌引起好奇，便走了進去。一對長得不太像的姊妹招呼著，店面有點冷清，妹妹負責飲料，姊姊在狹窄的小廚房裡張羅輕食。因為人少，我們開始瞎聊。妹妹學心理學，咖啡是愛好，姊姊在水果報報導裝修設計，開店是為了支持妹妹的夢想，剛好媽媽喜歡做糕餅，於是，經常有鄰居來外帶點心。

幾度進出過後，終於忍不住好奇鑽進私密小廚房，才發現食材驚人地優，難怪吃著舒服。看到特等初榨橄欖油與紅酒醋，不敢相信自己的眼睛，驚呼：「妳也太奢侈了！」姊姊說：「要給客人吃的，當然要用最好的食材啊！」

咖啡店裝修屬於姊姊的範疇，烘焙咖啡豆，成為妹妹進軍專業咖啡圈的里程碑。姊姊一邊裝修一邊採訪撰稿，相輔相成地有了經營店面的心得，妹妹則拿到了烘焙師認證，開始上網開賣自家烘焙豆，距離我堅持要買妹妹不好意思賣的咖啡豆，僅僅半年。用我的天生狗鼻子，知道妹妹的豆子遠勝許多名家，從非賣到熱門商品，持續近八年，我獲得了萬年不變的永恆初賣價，感謝狗鼻子識貨。

八年前，剛畢業的妹妹在咖啡館打工，老闆落跑，十個月沒拿到薪水，卻因此引起全家人憤慨而全體投入支持妹妹，既然愛就來開一家屬於自己的店。妹妹的口頭禪是：

「啊？不！！！」姊姊拍板店名就叫「YABOO鴉埠」，兩人邊爭執邊互助，邊吵架邊和好，磨合了八年，仍在進行著磨合，總是等到媽媽出現宣告：「我才是老闆！」才搞定了鐵三角關係。

這段時間，咖啡館總會出現自己求職自己排班的員工，利潤不高的小店，吸引了各路文青，有唱歌的有寫歌的有搞劇場的，帥哥一大把，花式炫技拿鐵與任選特調，成為熟客們互動的暗號。當然，店裡也會出現怪叔叔與酷Aunty，自稱行家來踢館的亦隨著名氣升高而增多，就像宮本武藏的不勝其擾，其實亦證明了其武藝的進階。

也因此，各路作家、明星亦默默地成為小店常客。溫暖而注重個人隱私，不需要明示地，維繫著彼此關係。姊姊常說，內向而酷酷的妹妹，專注在自己的烘焙裡；經營店面的社交，成為姊姊的工作，而剛好做過記者的經驗，讓她遊刃有餘地應付了店裡進進出出的三教九流。

八年，讓羞澀的少女式理想，成為專業，妹妹的YABOO亦玩成了永康街的響亮招牌，同時，姊姊也從抱著烹飪書到隨手製作頂級糕點，讓霸占法式可麗露不透露配方的媽媽，不得不刮目相看，悄悄地詢問竅門。

食材好、甜點與輕食製作用心，當然是咖啡館的主力，但一家人的溫馨俏皮，恐怕才是不分假日都高朋滿座的真正原因。

服務貼心，把客人當家人，讓小店延伸為左鄰右舍的交誼廳、書房，甚至起居室，就連流浪貓也不肯走，賴著賴著，被養成了貴族架勢的跩貓，常客們的療癒繫帶，這應該是咖啡館或茶館，特有的溫馨氣質吧！

推薦序

也許同為咖啡人

Frank Yang（維堤咖啡學院創辦人）

從事咖啡代理教學工作十八年了，從一個二十四歲剛退伍的年輕人，跌跌撞撞走至今日。從畢業時的青澀到中年男子的堅毅，從滿腦夢想的文青到斤斤計較著庫存與現金流的精算師。看著鏡子裡的我，面對的是個不認識自已的自已。但就像所有人走入社會面對的蛻變一樣，個中滋味不足為外人道，所有的成長軌跡也就逐漸被自已所淡忘，拋在腦後，直到我拾起這本書。

閱讀的過程中，我的表情有說不出的戲劇性，時而捧腹大笑，時而異常平靜；時而眉頭深鎖，時而眼眶泛紅。作者幽默的筆觸就像是聽朋友談天說地一般，聽著姊妹兩人，用著各自的敘事角度，描繪兩人從開立咖啡館起，到這六年多來在店裡所共同遇到的人事物。字裡行間，面對數不清的挑戰與困難，練就出對人生的豁達與正面的體悟。姊姊有著直來直往與深刻細膩的觀察力，妹妹有著浪漫冒險與堅毅敏銳的心。在描述店裡的店貓與怪異的客人中，打趣、嘲諷的背後處處可見姊妹倆的善良、溫柔與對人生的省思。開店前後，家人的矛盾與衝突下，勾勒出蔡爸蔡媽與姊妹倆密不可分的親情。尤其提到瞞著父親開業後一個月，蔡媽巧思帶著蔡爸走進店裡，父親訝異之餘不但沒有責難，反而關心女兒的狀況，讓姊妹倆至今回想仍感動不已。

闔起書稿的那一剎那，想起自己的一切，從如何創業，家人的支持，一路上遇到的人事物等。也許同為咖啡人，感受格外強烈。閉上雙眼，滿心感謝YABOO咖啡兩位美麗的老闆娘Tina與Emily，讓我有機會停下腳步，重新探索自己與自己熱愛的工作。

推薦序　栽進咖啡界的寶貝女兒

蔡瑞南、黃素貞（父母）

縱然我們兩老（其實我老太太不老）近來諸事彙集，但是我們家老二老三新書付梓在即，拜託我們寫序文，寶貝女兒都開口了，怎能說不！

就所知，幫人寫序文一定要知其人也要知其書，還好，此書兩作者是我們的女兒，知女莫若父（母），而光是看書的目錄，不用讀我們也略知一二內容。

閒言且過，就開始幫女兒寫的書說說有關我們這兩個寶貝女兒的事（還有一個大寶當醫生，目前從事醫美）。且先說老二再說老三。學經濟的老二Tina不喜金融工作卻獨鍾必須勤奮艱苦寫作的筆耕！她先是到城邦，再去《蘋果日報》當無冕皇帝！不過，記者工作期間日夜顛倒，對於一個弱女子而言，為人父母者看了實在不忍，也因此當Tina說想要去念研究所時，我們一口答應。只是可能受到其醫學系門外漢Emily的影響，竟然也一頭栽進了咖啡界，且表現得還差強人意。

至於老三念的是第三類組，投入的卻是時下競爭激烈的咖啡界。三女兒在念衛理女中時，同學有很多都出國深造，可能受到影響，也有想到美國去的意願，不過因為不若其習醫大姊Julia和學經濟的二姊Tina舉止優雅合宜，Emily生性活潑好動，我們做父母的怕她一去美國不回來了，也因此阻止了她去美國的道路。

出國之路窒礙難行，Emily改投入商場，置身咖啡業，可能興趣使然，很快地她就一心一意地邁向專業的咖啡烘焙師Coffee Roaster之路了，還常參加咖啡界年度的咖啡烘焙賽。

至於開店創業倒是滿平順的！野心也大！前不久又在離本店不到三分鐘腳程處開了二店。看女兒不用日曬雨淋，無須頂著寒風冒著細雨，在自己的店做自己喜歡的工作，女兒高興，我們也高興！

好了，寫得太多了！我們不是文學家，也因此整篇文章沒有華麗的辭藻，沒有奔放的筆情，沒有悠揚的韻味，我們只是把心裡的話平鋪直敘出來，請多多指教！

藉著這個機會，最後更是希望女兒的好友們仍是一本初衷給我們女兒多多照顧，支持疼惜與鼓勵！

YABOO鴉埠咖啡粉絲・戒不掉暖心留言

它的咖啡精神像是英國Triumph摩托車，有浪漫自由的巡弋，有紳士般的沉穩，也有賽事中專注的優異表現。

——Frank Yang

YABOO，記錄著許多人的過去及現在，包括我的快樂、傷悲與成長。迎著未來，即使有風雨，它也會守候在原地，給一份溫暖！

——Ariel wu

喜歡在YABOO點別處沒有的「隨便我」，那是一種味蕾的信任又充滿著驚喜感，如同讓人放鬆又安心的店裡，每位客人都甘心讓自在穿梭的豹頭、虎面的乍現稍稍打斷行進中的工作或聊天，享受片刻的歲月靜好，相信此書讀來一定也如同YABOO充滿溫暖故事與驚喜。

——王怡心

迷茫的城市裡，有一股溫暖的氣息。不論天晴陰雨，每個人都能在這間咖啡館裡找到一片溫馨和安寧。

——Shanchien Lee

我們，在這拍婚紗。

——Mia Shih

自序　容納各方故事的轉角咖啡館

Tina ——

此刻，坐在貳號店寫作者序，一切顯得如此不真實。

Emily總是說：「丟臉死了，有鹿的春酒都吃兩次了，書還沒寫完。」是呀！從二〇一三年念萱姊要幫我們出書，歷經了許多事，包括這本書所提到，我為了出書的事跟Emily大吵並憤而蹺班，最後當時第一版書稿束之高閣，我對和Emily合作出書再不抱期望。殊不知峰迴路轉，念萱姊轉介給悔之大哥，並讓我們因此有了有鹿文化強大編輯團隊的幫忙，協助我們取得共識，並解決了Emily在寫作上的困擾，第二版書稿就這樣開啟了。

我們兩姊妹如此不同，如此迥異，即使從小一同成長，甚至一同開店，我們所認識的彼此，都只不過是自己認知的投射。看過這本書內容的人大概都會發出：「這兩姊妹個性真的差好多呀！」這樣的驚呼聲。而事實上，我們過去在店內時常大吵早已不是新聞，隨著每一次衝突也讓我認知到，無論感情再好，與生俱來的思想差異始終存在。當認知到這樣的差異，我開始學習不要去問：「為什麼你不了解我？」也不要去尋求一個「懂我」的人。太多關係親密的愛人、家人、朋友之間，都因此而撕裂，傷痕累累。雖然需要花時間練習，但我努力著。

去年的年尾，我終於意識到生氣太累了，不管是對同事，對家人，對社會，對生命，真的不想再用生氣這樣激烈的情緒了。人生的因緣聚會如此難得，應該珍惜。

此刻我坐在貳號店，這個空間承載了屬於我跟Emily的童年歲月，老家如今成了咖啡館，這空間與我們之間再也分不開。現在的我，不會去問Emily是不是為了滿足我的期望所以這次寫得這麼認真。這問題太矯情，Emily也未必老實回答，更重要的是，有時候真相不重要，而是投注在裡頭的那片真心才是真實。

這本書，記載著YABOO的故事，更像是我跟這空間相關的所有人事物做了一場內心檢視，這空間內每一件發生的事，都是我生命的養分。能夠出書，要感謝的人很多，但請讓我把這份感謝獻給我的父母，蔡爸與蔡媽。如果說我們有任何一絲值得說嘴的事，這一切都來自他們從小到大對孩子們無私的付出。

Emily ——

剛開始在寫這本書的時候，我順口跟朋友提起：「我正在寫書唷！」大家都會給我一個不可思議的臉，畢竟我平常給人的印象是個冷血話少的冷面笑匠，在社交媒體上的發文也都只用短文，或是用不知道是否能稱作「詩」的斷句來表達。再加上往往腦袋跑的速度比說話快，要不是懶得說話，不然就是口語對話常常會有跳躍式的語言出現，除了讓人聽不懂之外，還覺得我高深莫測。久而久之，不笑就臉兇的我在大家眼裡，就成了一個酷酷的烘豆師。不過離奇的是，身邊親近的人們竟然還滿信任我能夠寫出這本書的，所以我努力地想趁這次機會，把我心裡面收集的那些故事以及那些感動，也告訴其他人。

不過呢，用口語述說故事，跟用文字把它寫出來，真的是兩回事！每次寫稿的時候我都需要先進入一個冥想模式，才能夠感受到我自己是怎麼想的？自己又應該如何用文字去表達出來呢？不知不覺間，好幾個日子就這樣過去了，一直到書快完成的後期，有幾次我濫用「我需要趕稿」當藉口推掉一些聚會時，大家驚呼：「天哪！妳到底要寫多久?!」我才赫然發現，咦？好像真的是醞釀了滿久的呢！

沒錯！這本書我寫了超久！大概有超過兩年（甚至是接近三年）這麼久！

雖然我總是用「學術有專攻，我可是個烘豆師呢」這種合理化自己瘋狂拖稿的爛藉口來安慰自己，不過我心裡還是很不安的。但或許也是為了這本書，我在開店八年間的回憶裡不停地回顧與檢視。之前那些日子對當下的我來說，只是一般的日常生活，但在用這個角度去審視時，卻也看到了另外一番風貌，而這種感動是需要好好去感受與消化的，所以才因此多花了一些時間。

認真的，不是合理化。

畢竟八年占了我絕大部分的青春，而青春這種東西不會永遠都是喜劇，不會沒有半滴血汗與淚水。雖然說絕大部分，我的路線是那種「化著小丑妝，流著別人看不見的淚」

的類型，我再怎麼會逞強也只是外表，心裡的感慨還是有的，有時候甚至很澎湃。

我們都如同烏鴉，我們的賣點一向都不是外表，而是我們藝術家般自由與不羈的靈魂。但有時候或許太過尖銳，因此難免受挫。我們只好同類相聚在這個人來人走的港埠，在剛剛好的距離之下互相取暖，稍作歇息，再度出發也不要有牽掛，要盡力展翅。

我的期許，在一開始就當作了它的名字：「鴉埠YABOO」。

一個容納著各方故事的轉角咖啡館。

它只是你暫時停泊的港口，但它卻是我的全部。

雖然我們總是被留下，但我跟踢娜會持續努力著顧好老巢，讓它繼續存在著，在你疲憊了，想起我們的時候，還能返航回來療傷休息。但是許多年後，YABOO是否還會存在著還未可知，不過有了這本書當作鴉埠的出生證明以及紀錄，對我來說，也是我們姊妹倆的人生紀錄，是異常珍貴的傳家之寶。

目錄

輯一

店貓、三怪客與二寶誕生

退役軍貓：虎面

Tina

聽說，以前虎面是一隻會跟人的貓，跟著一起洗澡，跟著一起上廁所，跟著一起吃飯，跟著一起睡覺。

如果你在咖啡館看過虎面，看他那一副痞痞的樣子，我想，你跟我們一樣都很難相信。但我弟弟說：「真的，他當初就是因為這樣，我不得不養他。」那時候我弟在當兵，某一天虎面突然來到軍營，睜著大大的眼睛躲在草叢中。一個禮拜後，他突然就巴著我老弟，跟前跟後，跟上跟下，一路就跟到退伍，然後來到我們兩姊妹的咖啡館。老弟每次說起虎面在軍營的事，我都會覺得不可思議，他說：「虎面很黏，我去洗澡時，他都要跟進來，明明很怕水，硬要窩在角落邊，連我去上廁所都要跟著進去。」他還說：「虎面以前有三個老婆，八個小孩。某一次颱風天，虎面一直沒回來，我很擔心。突然他就抓門，我打開機房的門，一次就進來十一隻貓，原來都是他的老婆小孩，統統帶回來給我養，我都快被吃垮了。」

我喜歡聽我弟說這些事情，雖然從虎面來到咖啡館之後，沒有再發生這類的事，他也很離奇地不再跟著我弟，所以我特愛聽這些事，即使重複聽也聽不膩，像是老人家總是喜歡回憶往事，藉由這些事去想像當時的虎面多麼可愛。

當然，他現在還是很可愛。虎面在二〇一三年八月，隨著我弟退伍一起到來。為了迎接他，我們特別增設一個貓砂盆，多準備了一個小碗放飼料，還準備了一個籠子方便我弟把他帶回來。我們都很欣喜，不斷跟豹頭說：「你多了一個弟弟陪伴喔！」雖然豹頭反應一如往常淡定。

然後，那一年，在盛夏的某一天，虎面來了。我們先把他帶到地下室，一出籠門虎面就驚嚇地東奔西跑，我們也嚇壞了，於是大家紛紛上樓，想說讓他冷靜一下。過一段時間再下去時，就看到虎面掛在畫框上晃來晃去。他彷彿不知道如何是好，我們也驚慌失措，再度紛紛上樓，竊竊私語，推論他以為畫框是窗戶，想要逃出去。

接下來兩天，我們只要有空就下去陪他，虎面這孩子從原本躲在櫃子裡，到慢慢會坐在沙發上睡覺，第三天，他就出門蹓躂了。我跟Emily目送著虎面出門，誰也不知道他會不會回來，我們心想，虎面是在軍營長大的，整天跑來跑去，抓蛇抓鳥，跟一般家貓不一樣，是會認路的。如果他願意回來最好，不願意回來的話，那就祝福他未來一切安好。

嘴巴說得很輕鬆，其實心裡根本放不下，我跟Emily就坐在庭院等著，心神難耐，其實我們明明就好希望虎面回來。但生命就是這樣吧！不是你想要，就一定可以得到。於是我們一直在學習放下，學習不執著，即便心裡有著萬般期待，卻還是得面臨生命中太多不能改變的因素，即便虎面只是一隻貓，也有著他自己的心智哪！所以看到虎面居然回來了，我們都覺得這是一種幸運，滿心欣喜地迎接著這位新成員，然後，虎面與我們的緣分，就此展開。

模樣討喜又俏皮淘氣的他，很快就成為明星店貓，和豹頭正好是一動一靜的組合。

只是據說稱霸軍營的虎面，一開始總是對豹頭不服氣，一臉傲嬌，惹得我們都對他有些惱怒。畢竟豹頭是那麼乖，號稱難得一見的好貓，我們哪能接受虎面總是挑釁豹頭的模樣。有一次虎面一臉驕縱，簡直是電視劇《後宮甄嬛傳》中華妃的模樣，我們六、七個人正好站在吧台內，看著窩在木桌下的他，大家對他都有些不悅。想不到沒兩天，虎面突然連番跛腳，這兩天是左前腿，後兩天是右後腿。貓是很靈敏且柔軟的生物，很難得會跛腳，於是我猜是豹頭的傑作，畢竟咱們家豹頭當年橫行街頭時，也是整天跟流浪狗打架的街頭小霸王。加上經過這兩次跛腳，虎面異常地對豹頭很柔順，像個小跟班一樣，更加深了我的猜測。這一豹一虎的組合，已經分出階級，不需要我們幫著打抱不平了。

從此，虎面對內顯得可愛乖巧，總是會對客人撒嬌，是盡責的公關。對外，則是鄰居間討論的小野貓，會追打別人的狗啊貓的，三不五時還會跑到別人家院子曬太陽，或是整天窩在水溝蓋邊捕獵老鼠、蟑螂，然後再蹦蹦跳跳咬著嘴中的獵物回來，有那麼一陣子，光聽鈴鐺聲我們就能知道虎面是否抓到獵物，特別輕盈的鈴鐺聲響起時，第一件事就是把大門關緊。好幾次虎面抓回鴿子，客人還幫著我們一起救下，再送到周邊的公園放生。

出去打獵就夠讓我們頭疼了，更讓我恐懼的是虎面長得太可愛，曾經兩度疑似被人抱走，兩三天都不回家。每次超過一天沒看到他，我就著急得不得了，同事們也會立即製作海報，拿到附近店家張貼。每次想到這些事，都覺得老天眷顧。只要一貼海報，沒多久虎面就會回來了。有一次他被抱回中和，我跟Emily馬上坐計程車去接他。被關在塑膠籠的他，一看到我們，馬上用盡全力掙脫籠子，脖子還被卡住，看得我心疼死了，一回到咖啡館，虎面馬上睡到昏天暗地，可見累壞了。

還有一次，是虎面抓到老鼠，一般都會不讓他進門，在門外處理，但那一次剛好不慎被客人放進店裡，老鼠從他嘴中掙脫後躲了起來，我們馬上放置黏鼠板，而虎面隔天將功抵過地抓到老鼠，同時跟著一起被黏在黏鼠板上。

虎面有時候真的讓我很崩潰，就是因為這樣，三天兩頭的出事，皮得要死，卻又無法遏止他，因為他也只是順心而為。當天因為我不在，同事們也不知道怎麼處理，沖溫水也沒用，後來我上網查，發現用油搓揉可以讓黏性變成屑狀，於是拜託Emily處理。想不到一掙脫黏鼠板，全身黏呼呼的虎面立馬衝出去玩耍，三天不回來。我簡直就要急哭了，上網亂查一通，看到有一種民俗方法叫「剪刀尋貓法」，馬上依樣畫葫蘆，在廚房爐灶上擺一盆滿水，剪刀打到最開，對著大門方向。當天剛好我站廚房，三不五時就跪在地上祈求老天保佑，上班時眼淚也呼之欲出。

同事們覺得我壓力太大，都勸我先回家再說。想不到才剛回到汐止，打掃好家裡，就接到店裡電話，說虎面回來了。馬上叫了計程車衝回店裡，抱著虎面又罵又笑的。聽說虎面是被一個鄰居抱回來的，什麼都不願意多說，把虎面交給我們之後就急著走出門。我看著虎面一身潔白，看似美容過的模樣，心想，或許是鄰居看到髒兮兮的虎面，覺得我們沒有善待他，於是想收留他。殊不知虎面是絕對追求自由的浪子，被圈禁在家對虎面來說太痛苦了，而且他的髒兮兮其來有因。我猜想，鄰居是真心疼愛虎面，也不知道是不是因為看虎面不開心才送他回來，或是剪刀尋貓法真的有效，但即使到了今日，我依然心存感激鄰居對他的疼愛和照顧，也慶幸虎面回來了，而且是全身乾乾淨淨，美美地回來了。

其實關於虎面的故事還好多好多，再說下去我就像是個長舌婦絮絮叨叨了。

Emily

自從豹頭來了後，店門口有貓兒慵懶地曬太陽，先曬得暖洋洋的，再慢吞吞地貓步巡店走來走去，找個好位置窩著哈欠午睡，畫面自然得像是一開始開店前就設定好一般，協調又沒有違和感。而原本的客人們看著新夥伴豹頭在座位上發懶，有時候還會跟他一起在座位上趴睡稍作休息，漸漸地也培養出深厚的感情。

在店裡有一隻不願離去的貓，也沒有造成什麼困擾，但我們怎麼也沒想到竟然會再增加第二隻。

開店第三年時，正在服兵役的弟弟在軍營裡認識了一隻疑似有混到美國短毛貓血統的米克斯貓，灰白虎斑，雙眼靈動，在軍中會陪著他一起站哨、洗澡、上廁所。雖然是機靈的浪貓，可是卻有靈性也很親人，常會拜訪總機室找他，一起窩在椅子上，在他身邊取暖睡覺。平常的嗜好除了出去打獵抓鳥抓老鼠進補之外，更猛的是大家看過他抓著一隻通體綠色、頭呈三角的蛇在玩。不僅如此，也很常跟軍營附近的野狗決鬥，軍中的軍人們看他機靈可愛又勇猛，取了一個名字叫「小白虎」，常常偷偷餵他吃東西。一直到某個學長要退役的時候，打算在退役當天將小白虎一起帶回去，我弟知道後非常不捨，跟小白虎說：「快出去玩！今天整天都不要回來！」不知道是真有靈性還是湊巧，他當天真的整天都沒有回來，學長等不到他回來只好作罷離去。

一直到我弟快要退伍時，他開始試探性地詢問我跟踢娜有沒有意願讓店裡再多一隻貓，他深知小白虎是關不住的，如果帶到家中被圈養對小白虎來說應該會非常痛苦。看著豹頭在店裡過得這麼愜意，隨時可以出去散散步、曬曬太陽，餓了、渴了、累了就回來吃喝睡覺，不但能夠擁有自由又可以有很好的照顧與庇護所，因此心裡計畫著想在退伍當天，跟他的副手小白虎一起退役並帶回台北。

於是，為了跟豹頭互相呼應，我們幫他取了一個新的名字叫「虎面」。

退役來到台北的第一天，虎面果然完全不習慣並且非常驚慌，誤以為當時地下室展覽的畫框是窗戶，抓住畫框吊在牆邊試圖想跳窗逃跑，理所當然地失敗之後就鑽到櫃子下縮著不肯出來。回想起豹頭來的那一天是如此自然地融入，與我們那麼有緣。至於虎面能不能像豹頭那樣在店裡開啟自在的新生活，就真的也要看緣分了。

由於我們不會刻意關住他們，所以當時我們雖然憂慮，但也彼此說好了，如果虎面跑掉了，代表他不喜歡這裡，不想在這裡生活，我們應該要尊重虎面的意願不要勉強他。

所幸虎面真的機靈聰明，過了三、四天熟悉環境之後，加上觀察豹頭這位學長對他所示範的生活態度與模式，他開始知道這個環境內的人並不會傷害他，而漸漸放下心防。

從剛開始鼓起勇氣離開櫃子下，出來蹓躂時防備心還很重，見人就躲。漸漸地，對人開始不閃不避，不僅會擋在過道上擺出高傲的表情，讓客人自行跨越他，到後來甚至會跳上桌子撒嬌並且偷喝客人水杯的水，有時候還誇張到在店門口亂磨蹭上前來逗弄他的人，儼然已經把自己當成店裡的紅牌，非常認真地上班。儘管虎面看似已經溫馴得變成半家貓，還是不改野性，時不時就會打獵，把獵物帶回來炫耀。

如果要說有什麼困擾的，大概就是這一點吧！為了環境衛生，我們對於他帶回來的生猛野味總要處理掉，有時候甚至是負傷的活體！不僅要攔截他殺生，又要防備絕對不能讓活體躲進店裡，捕獲之後更要想辦法野放，如果來不及救或是傷重不治，慈悲的踢娜又要吃素幫虎面消業障了。我們有幾次不小心沒有攔截到他把獵物帶進店裡玩，大部分是小壁虎，所以還好處理，但是當虎面咬著體積更大、可愛又靈活的小老鼠進到店裡時，我們為了不要引起客人恐慌，就會開啟最高規格的低調獵捕行動。但當我們在全力追捕咬著獵物的虎面時，好幾次都發現一邊把腳抬高的客人們，同時也拿著手機興致盎然地笑著拍下他咬著獵物的英姿。嗯？原來大家都不怕小老鼠嗎？

除了生猛野味之外，虎面也有其他愛吃的食物，像豹頭除了乾糧和特定罐頭口味，其他貓零食及人類食物他一律沒興趣。虎面就不一樣了，當我們上完晚班買麥當勞當宵夜的時候，他會跳上桌子來討，有時候會給他幾根去鹽薯條啃啃解饞，但後來發現他並不是有就會吃喔！如果薯條炸得不夠脆，他啃幾口鑑定過之後就會把它丟在原地。另外他會主動討的，竟然是洋芋片！從撕開包裝紙的聲響開始，就會引起他強烈的興趣，像狗一樣坐在旁邊看你吃，看看能不能幸運討到一些碎片。後來我詢問蔡弟虎面為何會有這麼特殊的飲食習慣時，他笑著說：「因為我們以前在軍營都會餵他我們自己在吃的零食啊！所以可能虎面覺得自己本來就可以吃，才會跟你們要。」

多虧虎面愛吃的個性，對於大部分的貓零食都非常捧場，也就很好被收買。晚上要打烊前敲一敲罐頭，只要他沒有玩瘋跑太遠，聽到罐頭聲音之後就會回來準備吃宵夜睡覺了。

店裡有這兩隻貓店長，照顧起來雖然不費力，但是擔心卻是少不了的。每次例行拜拜時，我跟踢娜總是會祈求店裡所有共生的工作人員包含兩隻貓兒，大家都出入平安，逢凶化吉，健健康康，開開心心，闔家平安。

另外，也希望虎面不要再亂殺生了！

從街貓到店貓：豹頭

Tina

此刻，豹頭正坐在我的大腿上，等等他可能會踩上電腦，哇哇叫幾聲，走前幾步，然後帶著猶豫眼神遲疑許久，再毅然決然回到大腿上，踩著或趴著。這是一個循環動作，像在玩一個遊戲，可以持續一兩個小時，樂此不疲。

豹頭來到我們這已經六年多了，我到現在都還記得他來的第一天，是個陽光燦爛的冬日。那時候我約莫下午一點多才到店裡，第一眼看到他，正昂首闊步、筆直地站在對面咖啡館戶外座位區的桌子上。走進店裡才聽Emily說起剛剛有隻大黃貓跑來，客人剛好怕貓，跑進來跟她說能否把貓關起來？不過因為不是我們的貓，就不了了之。

才這樣說著，大黃貓又回來了，正巧怕貓的客人離開了，當初我們口中的大黃貓一派自在地遊走在店內，還跳上沙發熟睡，我們不好意思趕走他，也不知道該如何是好，就討論是否要收留他。那時候的豹頭，全身毛髮稀疏，皮膚有多塊紅腫，肚子大大的，我們自以為是地判定她是隻有皮膚病的母貓，於是請同事帶她去看醫生再做定奪，想不到回來後才知道他是隻公貓，也沒有皮膚病，只是皮膚不太好。就這樣，莫名其妙多了一隻貓。

從小到大，家裡養的一直是狗，因此我們對狗的熟悉度較高。豹頭初來乍到時，我跟Emily因為無經驗而有些驚慌失措，畢竟是陌生的生物。但豹頭一直很乖，甚至有些乖過了頭。整天蜷曲身子睡覺，眼神總是憂鬱不安，於是我們有空就會過去摸摸他，陪他說說話。

那時候豹頭的毛髮已經夠稀疏了，想不到來了一個月後，背部靠尾巴部位的毛髮竟愈發稀少，醫生說是因為焦慮，我才知道豹頭雖然待在這裡，卻沒有歸屬感。從那時候起，我才了解貓的冷靜外表，隱藏著內心的波濤洶湧，尤其想到豹頭的毛色黯淡，不由得心疼他，不知道在我們相遇之前，他過著什麼樣的日子？從那時候起，我會特意花時間陪伴，抱著他一起看書、寫稿或和朋友聊天。

人對於自己在乎的東西，總是特別心有靈犀，我知道那時候的豹頭，真的很需要愛，甚至我有種他似乎覺得自己不值得被愛的感覺。於是我極盡所能地愛他，只希望豹頭的眼神不要再帶著憂傷。當時我還住在爸媽家，離咖啡館走路只要一兩分鐘，有時下班豹頭會走在我後頭，跟著我回家，用一種期盼的眼神想進門，可是那時候家裡養著妞妞，是一隻Emily養的雪納瑞犬。妞妞總是在門口大吼，豹頭就會用一種失望的表情凝視我，默默走回店裡。當下我真覺得自責又慚愧，其實從小到大，我從來沒有養過一隻屬於自己的動物。對於豹頭，因為憐愛，默默就自認是他的飼主，不，應該說我把他當成了自己的孩子般疼愛與照顧。所以當豹頭露出失望表情，我真的覺得自己好糟糕，嘴裡說疼愛他，卻辜負了他。

有一次豹頭發燒，帶去醫院看診順便做血液檢查，醫生宣布他有貓愛滋時，我瞬間淚流滿面。我嚇壞了，也不知道這個病對豹頭到底會造成什麼樣的危險，直到醫生跟我說，貓愛滋其實就是後天性免疫系統失調，免疫力比較弱，但如果妥善照顧，許多患了貓愛滋的貓，最後都不是因為這個病而過世。聽到這樣我才收起眼淚，安心許多。

從此，豹頭的飼料裡一定會添加貓用維他命。每天到店裡，非得要抱抱他、摸摸他，確認體溫正常，身上也沒有任何異常才安心。在這樣初期像神經病般整天提心吊膽地關懷著他，到漸漸熟悉豹頭生活習性和身體狀況後，我跟豹頭早已經培養出一種親密的連結，我對豹頭的愛，希望能照亮他過去的陰影。

但我也漸漸發現，豹頭其實沒有我想像的孤寂。他一直有許多人疼愛，只是他們對豹頭的照顧，因為各番原因，或許無法像我們這樣無微不至，也或許，豹頭想要的就是像我當初這樣有點近乎瘋狂的照料，他才覺得安心。但事實上，豹頭真的有許多人關愛著。

他剛來不久時，有個阿姨來店裡喝咖啡，突然她看著豹頭跟我說，這隻貓以前是她家樓下素食餐廳的貓。我一聽心裡很驚慌，害怕被討了回去，一點都不願意相信。想不到隔天阿姨帶了一家老小來喝咖啡，還帶來筆電，比對著電腦中的照片，她說：「他以前叫大咪，你看，剪耳的位置一模一樣。他以前主人重新裝潢餐廳時，沒有帶走他，我看他每天都待在工地裡，所以都會去餵他吃飯。」這位阿姨還說：「大咪他啊，可能很寂寞，以前在店裡時，還帶了一隻小貓回去養。但他占有欲很強，總是不肯讓小貓離開視線，沒多久，這隻小貓就跑走了。」當時的我肯定有些母愛氾濫，聽到這些眼眶就泛紅了。

沒隔多久，豹頭以前的主人帶著曾經收養他的愛心媽媽來看他。原來，豹頭是這位愛心媽媽從街頭收養的流浪貓，然後再轉送給他以前的主人。不知道為什麼，豹頭在那裡時常會跑出門，一兩個禮拜才回家。加上之前阿姨說的那些話，我就愈發心疼豹頭了。我總是抱著他，告訴他，無論如何，我們都不會放棄他，我們都會愛他。

有一次，收養他的愛心媽媽來了，我們小聊了一下，她說豹頭很勇敢，以前在街頭流浪時專門跟狗打架。而且他很乖，什麼零食都不愛吃，就只愛吃罐頭。當初會收養他是因為豹頭喉嚨長了息肉，無法咽食，她花了兩萬多帶豹頭動手術才復元。我一聽終於恍然大悟，難怪豹頭時常吐，之前帶他去看醫生也檢查不出異樣，原來是喉嚨有息肉。因為不可能挖除到乾淨，造成喉嚨時常會因此反芻。

相較於虎面看似一切順利，豹頭似乎顯得不幸許多。其實從豹頭身上，我學到了不少。如果你曾經留意過，就會發現許多流浪狗很是兇狠，當流浪貓狗搶奪地盤時，一個不小心，浪貓的脖子就會被咬破，那就沒命了。每次想到都手軟，不知道當初豹頭到底經歷過多少生死懸命？但是豹頭的勇敢讓我很佩服，也讓我偶爾在面臨困境或意志消沉時，看到豹頭就會覺得自己很弱，連豹頭都不畏生死地去做他覺得該做的事，難道我做不到？

有一次店裡來了一隻黃金獵犬，豹頭馬上全身豎毛，一副攻擊樣，絲毫沒有退卻。反觀虎面，倒是第一時間躲起來，甚至趁隙跑出大門，在對面街上探頭探腦。因為虎面每天都會外出閒晃，對於他這樣落荒而逃，我雖然好氣又好笑，卻也安心許多，外出應該頗會保全自身。對於豹頭，卻證實了那位愛心媽媽說的話，豹頭果然是街頭霸王，光準備迎戰的氣勢就很有王者之風。

有時候我會想，出社會後自然不比當學生時的單純天真。社會中即便出現許多醜陋不堪，我們至少沒有活在生死交關中，不用承受下一秒就可能死亡的恐懼。但豹頭不一樣，他曾經活在這樣的情境，曾經流浪街頭，或許三餐不繼，還要面臨生死搏鬥，他卻從來沒有怯懦，總是正面迎戰。他讓我想到《綠野仙蹤》裡的那頭獅子，雖然總說沒有勇氣，但為了保護桃樂絲時，卻能發出讓敵人震撼的怒吼。於是恐懼是必然存在的，只有戰勝恐懼，才能擁有勇氣。

因為豹頭，我才真正了解萬物有靈，眾生平等。貓跟人是一樣的，沒有什麼不同。我們是家人，是夥伴。我對豹頭的愛，綿綿不絕。

Emily ———

在豹頭出現在我生命中之前，貓對我來說實在是一種很陌生的生物。由於從小到大，家裡只有養過一隻文鳥與一隻狗，對於貓我只有一般刻板印象的認識：很輕盈，有爪子會抓人，會跳來跳去會翻牆，冷淡不理人，有時候可能還會搗亂隨便亂抓家具，或是動不動就會把架子上的東西掃到地上……除了這些各種令人不安的刻板印象之外，當時也沒有多少咖啡館會在店內養動物當吉祥物，所以我們也從來沒有想過在自己的咖啡館裡會出現小動物，更不用說是完全不熟悉的貓了，直到豹頭出現在店裡的那一天。

一個風和日麗的好日子，豹頭自己悄聲走進了當時才剛開業半年的店裡，安靜地坐在戶外區的椅子上。我們一直沒有發現這位可愛的小客人，直到戶外區兩位女生把我叫過去跟我說：「不好意思！可以麻煩妳把店貓抱走嗎？我有點怕貓……」我一頭霧水地回了一句：「蛤？店貓？」

順勢往那位小姐所指的方向看去，才看到他靠在最裡面的椅子上坐得好好的，不怕生人又一臉傲慢地看著我。垂垂的肚子與缺一角的左耳，脖子上戴著一個老舊殘破的項圈，後頸附近還有抓傷的脫毛與血跡，嗯，看起來就是滿不好惹的。

當下覺得有點困擾，不知道怎麼跟貓互動的我要如何把他請離開兩位怕貓客人的身邊呢？我心裡正躊躇著，卻注意到他亮晶晶的眼睛直直地看著我，雖然五官傲慢，但卻有一雙好有靈性的眼睛啊！怎麼辦好可愛好不想趕他走，心裡不禁小小地澎湃著。不過他看著我接近他，卻好像知道了我的來意，跳下椅子往門口走去，走到向右轉是出大門、向左轉是上樓梯進室內的分歧點時，他停了下來，左看右看，再回頭看看我，然後踩著他優雅的貓步一溜煙上了樓梯。

當下的我實在傻眼，我原本對貓的印象都是他們很怕人，不會隨便接近生人的。可是眼前這隻貓不僅大搖大擺地走進室內，我還看著他巡完店裡一圈之後，選了一張他看上眼的沙發，跳上去，縮成一球開始呼呼大睡。因為實在太有新鮮感了，我就讓他睡，一邊想著他的背後有什麼故事呢？看起來不像是家貓，他神態中並沒有那種在陌生環境中不知所措的慌張躲藏。但是他不怕人又會自己上沙發睡覺，一定是曾經跟人一起生活，被飼養過。

我抽了空走到他身邊蹲下，看著他在沙發上縮成一顆小球抱著自己熟睡，忍不住在心裡浮起好多問號：「你被遺棄了嗎？還是走失了？親手為你繫上項圈的那個人在哪裡呢？你想念他嗎？你好不容易可以在室內安心睡個好覺了嗎？你還想被馴養嗎？你是否還相信著人類呢？」我心裡想著：「如果你想待下來，我們會愛你的。」

我們決定先帶他去看醫生。畢竟不知道他脖子上的抓傷究竟是皮膚病還是外傷，一方面也要驅個蟲，順便掃一下身上是否有晶片。幸好脖子上的傷只是打架受的傷並不是皮膚病，而掃了半天也發現他身上並沒有晶片。獸醫師說他判斷這隻浪貓大概五歲上下，也是這時候我才知道，貓缺一角的耳朵是被節育後再原地放養的記號。公左母右，截去一角耳朵以利辨認是已節育的浪貓。

被折騰了這麼一段時間之後，原本以為他會後悔沒事幹嘛進到這間店來，因為我們是用大紙箱裝著他帶去獸醫院的，怕他路上亂跳出來會危險，還貼了封箱膠帶。等檢查全都結束之後，我們當然又再度把他裝進紙箱裡準備帶回店裡。這樣被裝箱拆箱又上診療台，就算是再處變不驚的老貓也會萬分驚慌吧？說不定等等逮到空隙就會想逃跑了吧？

誰知道回到店裡把他從紙箱解放之後，他竟然沒有往戶外衝，而是跑到他睡了一下午的沙發上尋找庇護的角落，蜷縮在抱枕間觀察周圍。我們為了安撫他受到驚嚇的情緒去買了貓罐頭，成功吸引了他的注意力，他開始小心翼翼地吃飯。就這樣，他住了下來。

我用我看到他第一眼時給我的印象，取了「豹頭」這個八面威風的名字。踢娜則是用一個嶄新的項圈，將原本老舊殘破的給換下。

從此之後，我們相依為命。

網美店貓的一些事

Tina

去年五六月，當豹頭開始不適應吃乾飼料之後，醫生說：「因為他老了。」於是我不得不接受，豹頭真的是個老人家了。

老了，意味著他的生活習慣，包含飲食都需要重新調整，我們忙著適應豹頭的新飲食習慣。有時候他還是會偷吃乾飼料，飲水量不足導致便秘後引發的一連串症狀，像是因為過於用力導致肛門出血以及嘔吐。早上忙著處理嘔吐物和大便，傍晚追著豹頭跑餵食食物，還得應付豹頭三不五時站上吧台吵著要我們捧水餵他喝。

同事們都很疼愛豹頭，總是努力、盡力滿足他，就連虎面現在也會練習忍耐，眼睜睜看著豹頭在吃美味的主食罐，他會一直站在旁邊看，盡量忍住不要過去跟豹頭搶。

前幾天吧，我從二店回來時，看到豹頭窩在客人的筆電上睡覺，非常驚慌，第一個反應是：「這樣不行吧！」但同事說她們都問過了，客人說沒關係，於是豹頭睡了整整一個下午。

所謂的成全，都伴隨著犧牲、奉獻與委屈。

我走過去問女客人：「需要把豹頭抱走嗎？會不會打擾妳做事？」客人笑著說：「沒關係，我已經放棄了。」看著豹頭熟睡的臉龐，客人滿是寵溺的眼神，我很感恩也很感激。

當豹頭漸漸年邁，我所能做的就是盡力照顧，即便現在餵食豹頭總要花上一兩個小時。我都說豹頭好像法國人，一餐飯要吃好久。所有為豹頭的付出我都心甘情願，只怕他不吃飯，或是沒照顧好他。

但對於客人們對豹頭與虎面的包容和忍耐，我一直都是萬分感激。

有一次，我在院子拔九層塔，陸續來了兩組母女檔，小女孩都只有一兩歲大而已，搖搖晃晃地走來走去，一邊呼喊著「豹頭」、「虎面」，一邊找他們，可惜當天因為前一晚例行性消毒，豹頭與虎面雙雙送去住宿，還沒有接他們回來。

其中一個小女孩甚至一直站在虎面的吊床前，一直拍打著吊床喊著「虎面」。小孩子的世界真單純。她因為喜歡虎面、豹頭，所以小小的腦袋瓜記住了他們的名字，記住了豹頭總是睡在紅色沙發上，虎面總是睡在吊床上。小小的身軀在紅色單人沙發和吊床之間穿梭，不停喊著兩隻貓兒的名字。

我心裡想，你再怎麼喊，豹頭和虎面也不會馬上出現啊！當下其實很想馬上衝去接豹頭跟虎面，滿足小女孩的期望，可惜動物醫院還在休診，想接回來也沒辦法，只能跟妹妹說：「下次再來就會看到囉！」

這讓我想起曾經在某一個假日下午，有一組日本觀光客來到YABOO喝咖啡吃甜點，但更重要的是她們想看貓。

那一天實在很忙，只能比手畫腳說虎面出去玩了，豹頭不知道躲哪兒去了，匆匆幫她們點完餐就離開了。直到送飲料上桌時，日本婦人拿出一本旅遊書，上頭的日文我雖然看不懂，但照片中是豹頭安詳睡在沙發上。日本婦人用殷切的眼神看著我，雖然當下我有好多餐要出，還得當吧助，但婦人臉上那一抹失望實在太震撼我了，原來看不到貓居然會讓她感到這麼遺憾?!

我連忙找豹頭，最後是鑽到一樓和地下室銜接處有個狹隘的平台，爬到最深處把豹頭抱出來，倉促地把豹頭帶到婦人的座位處，她的眼神亮了，我再次震撼。

「失望」是讓人難受的，失望代表期望落空，滿足不了內心，即便是一件小小的事，都可以讓人揪心難過。

那一天看著妹妹呼喊著豹頭、虎面，我想起了多年前那個假日午後的日本婦人。無論是一歲七個月的小女孩，還是已經五六十歲的婦人，人這一生，總是要承受失望的。

但同時，我們也一直在囤積著滿足，像是有一次在Instagram上我看到一個女孩子拍了一張虎面的照片，說：「每次來看到你，就讓我感到很滿足。」這些點點滴滴的滿足，都是生活中讓人能感到些許幸福的養分，填充了其他處的失望，讓日子總還是存在著一些些美好的滋味。

生活從來不是單一面向的感受，參雜著喜怒哀樂，才是生命的原貌。

Emily ——

豹頭與虎面堪稱店裡最博版面的兩名駐點網美，我們每次看網友在店裡的打卡或分享，大約有百分之七十以上都是他們兩貓的奇蹟美照，曝光度極高。然而他們也沒有讓大家失望，總是有源源不絕值得拍照或拍影片的新招供大家取材。

不過關愛他們的客官們都只看得到他們萌萌的腳掌，圓圓的眼睛，肥肥的嘴邊肉，呆呆的後腦勺，殊不知只有我們在檯面下才見得到他們腹黑的一面。

開一間店難免會有些堆放雜物的儲藏區，相信大家也知道貓咪喜歡躲起來，儲藏區很自然地就會成為貓咪的遊戲區和躲藏處。打烊後，店裡的兩隻貓自然就是店裡的老大，他們半夜是不是有上演爭奪地盤的戲碼我們雖然不清楚，但我身為一個保持店裡清潔的店小二，卻常常會在我的管理範圍之內發現有貓尿，有時候甚至是在整理雜物時沒注意，而摸了個滿手。為愛盲目的我寧願覺得他們是在搶地盤，也不願意相信他們是在暗算我。正因如此，我們的雜物區總是鋪滿了防水的墊子，這才降低了被他們陰的機率。但是虎面暗著來不成，竟然會挑明欺負店裡比較溫和的員工，據說虎面有幾次在晚班忙著打烊的時候，一臉挑釁地看著溫和的師大學生小馬，就這樣在他面前直接尿了員工休息室的門讓他去清理！

虎面更有其他霸凌同事的紀錄，他除了故意尿給同事去清理之外，還尿了另一個沉默文青同事阿弘的背包，另外在店內的其他畫作這幾年都沒有被貓尿過的前提之下，藝術家同事Seven要辦畫展所創作的畫作就偏偏被他尿了。有時我早上進店裡，如果來不及清貓砂，虎面還會故意尿在我們的工作範圍，只能說屎尿真的是動物們最好的武器了。

而我們這些被虎面霸凌的人，也只能當下崩潰地默默清理乾淨，想生氣卻又被他的可愛所折服而無法發怒。

大家一定都以為貓是愛乾淨的動物對吧？以為他們都會乖乖在貓砂裡面上廁所對吧？在經過這些霸凌之後，我完全對貓改觀啦！

豹頭雖然沒有虎面這麼白目，不過因為他是老人家，近年來容易反胃嘔吐，會隨便吐在我們工作必經的彈道上，像是走道中間，或是一些比較陰險的地點，舉例來說像是無樓梯扶手且通往地下室的台階上。有一次我在搬重物，抱著一大箱東西下樓，因為視線不良，不慎踩到，差點就滑倒，上演一秒抵達目的地的戲碼。幸好我核心肌群夠強壯，瞬間保持平衡所以沒事，不過還是把我嚇得花容失色。由於他會邊走動邊吐，所以要清理的範圍就會擴大許多，有好幾次我們早上來開門，看著被他盡情揮灑的一屋子只能傻眼，默默花很多時間去清理消毒前一晚豹頭的創作。

雖然這些暗算很頻繁地發生，但看來豹頭、虎面還是很愛客人的，因為他們就算再怎麼腹黑暗算我們，卻都讓客人坐的沙發保持乾乾淨淨的，並且也不會亂尿客人的物品，在客人面前只會裝可愛。所以客官們，你們真的是沒有白疼他們哪！

有時候我們看著客人的打卡照片或是影片，發現虎面會在路上磨蹭客人小腿撒嬌，而豹頭則會在店內窩在客人的腿上呼呼大睡，整個溫情十足。但我們面對的現實卻是，在店裡時，豹頭幾乎不會主動來找我抱抱，而虎面在外面玩時，路上巧遇我們，也都一臉裝不認識走開。他們唯一會擺出可愛臉，用變圓的眼睛看著我們的時候，大部分都是該拿出罐頭放飯的時間。雖然大家對他們總是無私地付出，但有時他們對我們的無視實在令人感心哪！不過由於這兩個不孝子實在太可愛了，就算他們比較愛客人不愛我們，我們也還是會繼續沒尊嚴、沒條件地寵溺著他們。

最近，我發現豹頭跟虎面很愛吃客人拿來送他們的肉泥條，胃口不好平常也不怎麼吃零食的豹頭竟然也會去搶著吃，因此我不甘示弱也買了一大堆，想說可以提振一下豹頭的食欲。然而在連續幾天的餵食之後，我總算能理解為什麼他們這麼愛客人了！這次在豹頭、虎面身上學到的人生道理是：「在生活層面上照顧得好是應該的，要得到青睞則是偶爾要給他們一點甜頭。」

現實的人生啊！

奧客無奇不有

Tina ——

該怎麼定義「奧客」？

不禮貌的人，不客氣的人，愛貪小便宜的人，自以為是的人……其實這種人，到處都有。這類的人對服務業來說，就是十足的奧客。開咖啡館之前，我是一名記者，那時候只知道身為記者，似乎人們的態度會比較客氣有禮。但開業之後，身分變成服務業時，才知道這世界上的確有許多人用一種「有錢是大爺」的想法遊走在生命河流中，沾沾自喜的同時，壓根兒不知道他們的所作所為只是在凸顯內在涵養不足，成為我們酒足飯飽後的笑柄罷了！

既然從事服務業，最高指導原則當然是和氣生財，但有一條底線，得死死踩著，那就是「互相尊重」。有時候客人表情高傲些，沒關係，有些人天生就是臭臉；有時候客人講話態度急躁粗魯些，沒關係，有些人天生就是性子急，等不了。服務業像是一場巨大修行場，每天往來進出的客人百百種，是一場眾生相的聚集地。當然有許多好客人，但偶爾遇到所謂的奧客時，即使明知道不值得也不需要，還是會氣得牙癢癢。

當然，心愈寬容，可以承接的奧客級數愈高，像是電玩遊戲打怪練等級一樣，但這是花了七年的時間慢慢換來的。這兩年愈來愈少有奧客能讓我震怒到手抖，但頭幾年的時候脾氣還很火爆，倒是有許多奧客讓我到現在還記憶猶新。

像有一對年輕男女，坐在入門處的白桌，點了咖啡和燻鮭魚三明治。沒多久，男子走到吧台來，用一種自以為很懂的表情說：「可以讓我嘗嘗你們的咖啡豆嗎？」Emily和我雖然不明就裡，但還是拿了幾顆豆子給他。只見他看了看，聞了聞，最後還嘗了嘗咬了咬。接著他說出讓我迄今都印象深刻的話：「你們的咖啡豆不新鮮，有一股酸味。」殊不知我們是淺焙豆，帶酸味是很正常的事，何況不夠新鮮的生豆還不敢拿來烘淺焙豆呢！但無論怎麼跟他解釋，他就是一副很了的表情，表明認為是我們誆他。所謂忍無可忍，就無需再忍。一氣之下，我說整桌我們店家招待。他們離去了，Emily用一種很捨不得的表情說了一句：「好歹要收燻鮭魚三明治的錢吧！」瞬間我覺得滿有道理的，可惜人已經走了。

還有一組客人，我也都還記得他們的嘴臉。當時我們還有訂位服務，保留了一桌四人座。客人一來，卻大聲嚷嚷：「怎麼不是沙發區？搞什麼啊！」但當時沙發區早已經有坐人，客人在電話中也沒有指定座位，我到現在都不知道他們到底怎麼了？一直在驚聲尖叫，叫到沙發區的客人願意主動讓位。我們姊妹走到客人旁想要好好溝通，只見他們擺出「老子是大爺」的表情，我就不爽了。客人說：「那你們現在的意思是怎樣？沒有辦法喬出來，那我們就要去別家囉！」我還猶豫著該不該說出「好啊！你走呀！」這麼不客氣的話，Emily已經搶先回答：「那也是沒辦法的事，真是不好意思了。」客人一臉震驚，或許他們心中定義的服務業是「無論如何都會滿足客人期待」的想法，沒想到我們居然不願意去滿足他們的需求。於是他們走了，留下氣憤的我們，以及到現在三不五時還會拿出來說嘴的這件往事。

是誰說「顧客永遠都是對的」？這種想法實在是虛偽做作，都是這種說詞養出了這麼多不懂得尊重人的奧客。人與人之間如果不能建立在「互相尊重」的基礎上，那麼一切都是虛偽幻象。或許不該跟錢過不去，或許會因此賺到錢，但遺失的自尊，真的能讓我們夜夜好眠嗎？對抗奧客，絕對不是一味委屈退讓，修養心性、培養自己的包容力，我認為是比較正面也正確的方式。

不過，也要感謝這些年來遇到的奧客，豐富了我們的生活，增長了我們的見識。許多發生在好久之前的事，偶爾我們還會拿出來說嘴，甚至會模仿當時客人的表情和言語，然後嘲笑一番。這樣做有點壞，但也很有趣味。生活中不拿苦楚當樂子，日子要怎麼過下去？

Emily ——

在這種需要高頻率並且長時間與人群接觸的工作中，生性暴躁易怒的我，不得不將我社交層面的情感智商微調到很高的階段，才能抑制我無意中不小心就會流露出的殺氣。但是生存在這個世界，雖然你不犯人，卻不保證別人不會來犯你！在開店的八年當中，難免會遇到一些很不會看人臉色的人，但我們秉持著用專業來服務客人的態度，大部分的事情都有圓滿的結果，而那些失控超出常態的極端值事件，就很自然地被我們歸類到奇人異事的檔案夾了。

奇人異士們通常有幾個在雙方交手的一開始就可以觀察到的通病，以下可以舉幾個情境例子來幫助大家了解：

第一個是最常會發生的狀況，簡單來說就是「閱讀障礙」。

原則上我們都會在送上水與菜單之後，留一個適當的菜單閱讀時間，讓客官們可以好好探索自己的內心，決定想點的飲品及餐點。但在我們上前去點餐的時候，會發現雖然這些奇人都盯著菜單好一陣子了，可是會從最基本的問題開始問，像是：「你們飲料有哪些？有什麼口味的可以選？」或是指著下午茶平日限定的時段跟我們確認：「下午茶時段假日可以選嗎？」

其實這些問題一般來說我們都當成是可以跟客人互動的寶貴機會，所以並不會有什麼問題，真正有問題的是發生閱讀障礙之後的「理解困難」。

「菜單上面寫每人低消一百三……一定要到低消嗎？我只是來坐一兩個小時啊。」

「為什麼你們菜單上面只有義大利麵卻沒有飯？可是我想吃飯啊！」

當問題的水準已經下滑到這個程度的時候，平常的我早就已經無言以對想抓狂了，為了對方提出這種「都是你們的錯」的低能問題，我們難道應該回覆「不好意思」之類的道歉語句，來寵壞諸位客官嗎？！

所以，我們不會為此道歉！但是也不能當眾翻白眼，問題既然已經丟出來了，我們也只能巧妙地接球。我們會禮貌又客觀地提出附近適合他的店家，建議他要不要去看看有沒有他願意消費的東西。畢竟，我們的中心主旨只有一個，那就是：「勉強的愛是不會幸福的。」所以並不會覺得將客人介紹去其他店家好像自己吃了虧，至少可以避免在心不甘、情不願的消費環境之下，雙方彼此都不愉快的結果。

第二個很容易產生羅生門的情況，是「視覺錯亂」。

這種狀況很容易發生在現場客滿又很忙碌的時候，由於我們希望提供進入店裡的客官們，除了本來就必須要穩定的餐飲品質之外，還能夠享受到良好的空間與環境品質。因此不會刻意去將所有座位塞滿客人，除非有想進店的客人提出想要併桌的要求，我們才會去打擾詢問原本的客人是否願意分享多餘的空位。在大部分人願意分享的熱情之下，被拒絕的並沒有很多，因為這樣而聊起來，漸漸熟識，後來變成超級好朋友甚至變成生意夥伴的也是大有人在。這種結緣在此地的美事，其實無形中有達到我們心目中的咖啡館機能，讓這裡變成都市中原本不會有交集的陌生人們，能夠一起分享一段咖啡時光的神奇場域。

但是，有時候在一個明知不可行的狀況下，像是空間已經不足以分享了，例如一個四人桌已經坐了三個人，或是一對情侶正在談戀愛，我們便會禮貌說明目前現場沒有方便併桌的座位了，通常在一個雙方都有正常溝通能力的基礎上，也都不會發生什麼例外情況。

有一次，有位女性奇人異士指著一桌一半被書櫃遮住的座位，一直說她要坐那邊，強硬地要我們去詢問是不是能夠併桌，我們看著那邊就是沒有空位已經無法再併桌了呀！一直跟她解釋那桌有人，我們可能沒辦法執行，她憤怒地轉身離去之後在網路上發怒文，說我們睜眼說瞎話騙她，明明就沒有人！雖然可能她已經自動覺得書櫃後沒有坐人，但是在這種情況之下，我們很難解釋真的是妳眼睛有問題，只好說我們其實是很歡迎併桌的，如果有什麼誤解只能請她見諒。

另外更誇張的一次，是一位小公主，不想要現場剩下的那桌座位，硬生生地指定說要坐別人的位置，要我們把那桌換去她不要的那桌。這一次我真的忍不住了，我直接說：「我們現在只剩這一桌空桌，我們不會為了妳去換掉別人的座位，就如若是妳坐在這，我們不會去干擾妳選擇的權益而任意換妳的位置。妳如果要坐，我們就剩下這桌了。如果這桌妳不喜歡……」我中斷我的發言，看著門口，她用尖銳的音調接下去大聲講給所有人聽：「妳的意思是，我如果不坐這裡的話就去別家是不是！」我只好苦笑說：「如果妳要這樣解讀也是妳的自由，我也沒有辦法了。」小公主現場發怒，尖聲大聲發言：「你們這種爛店！我不會再來了！」

離去之後，看著現場客人給予我們的善意眼神回饋，我知道我們做的不會是錯的。就像我常對大家說的，勉強的愛是不會有幸福的。這種奧客大家倒是不會往心裡去，只要我們秉持著自己受過良好的家教，有禮貌的言行舉止，專業的服務品質，如果真的遇到無法溝通的人，也只能盡量把現場的影響降到最低。

不過我還是很好奇，對方父母到底是怎麼教的？

第一怪、電動車小女孩

Tina ——

這是一個關於電動車女孩的故事。她其實住在我們店的附近，而且真的很近，就在對面咖啡館樓上。

剛開店時，她就到我們店裡消費，由一位朋友攙扶著她走進來。看起來非常瘦弱的她，宛如碗豆公主般，明明坐在有著軟墊的椅子上，依然跟我們討了一個抱枕，墊在座位上。

一開始都很正常，直到她開始三不五時跑到店裡，藉機說家中門鎖壞了，指定男同事去她家幫忙看看，而為了保護店裡無辜男同事們，我們姊妹倆還輪流上陣去她家查看鎖頭，每一次都被騙，鎖從來都沒有問題。從此之後，她就榮升三怪之一，日後的發展也不負眾望，屢次發生怪異事件，且聽我緩緩道來。

比如，她彷彿很脆弱，我們一度懷疑她是玻璃娃娃，因為她坐在已經有軟墊的椅子上還得另外加一個坐墊，講話有氣無力，走路必須被人攙扶，進出都是坐著一台紅色電動車當代步工具。直到有一次我們一群人坐在庭院閒聊時，親眼目睹她騎著那台紅色電動車，以一種半蹲的姿勢飆車後，我們才驚覺她其實好像沒那麼脆弱。事實上，那一剎那我們都傻住了。

再如，她曾經喝了一杯飲料後，再續杯飲料時，和同事說別家店續杯都只算五十元，我們的同事很冷靜地告訴她：「不好意思，我們店規是續杯折價五十元喔！沒有辦法只算你一杯五十元。」為此，電動車女孩寫了一封非常解構式文法的萬言書到粉絲團信箱，大約有一千字吧！我們非常努力地去探索文句的意思，但始終不是很了解她想表達什麼。她信件中的文法大約是「你好，今天天氣真好，上周我去的時候，路過師大，生命真是高潮迭起」。是我國文造詣不好嗎？

比如，有一次她少付五十元，下次再來消費時，我們跟她索討五十元，應該也合情合理吧！想不到她這次居然很有心地手寫了一封信，附上五十元，放在店門口。可惜下了雨，隔天來上班時，信已經濕淋淋了，壓根兒都看不太清楚信件內容。但模糊中讀取的文法內容，外加附上的五十元，很容易猜到應該是電動車女孩。

還有很多不勝枚舉的案例，像是跑來跟我們借電腦，不借她還會不高興地說：「可是你們老闆都會借我電腦用耶！為什麼你們的不可以借我？」總之，每次她走進來店裡，大家就會繃緊神經，時時留意她，以防她會有驚人之舉。不知道是否因為在這樣的氛圍下，讓她稍感不悅，這兩年她愈來愈少來這兒了。老實說，我們反倒鬆了一口氣呢！因為這三怪裡頭，只有她最失控。

Emily

在經營咖啡館的歷程當中，任何類型的人都有可能會成為你的客人。

不管是什麼人種、什麼身分，個性傲嬌或是貼心溫情，有家教還是沒家教的，幾乎全部都能給你遇到。在雙方短短幾分鐘的交流中，如果接收到好的能量，我們就當成是今日的小確幸；壞的，就不要往心裡去。畢竟我們長時間地把自己暴露在隨機一個人都可以任意抛棄情緒包袱的場域，如果沒有自己的情緒過濾系統，很快就會感覺到疲憊的。

縱然我們已經知道如何好好保護自己脆弱的心靈，但有些人的怪，卻是紮紮實實無法被忽略的，像是我們才剛開店沒多久，店裡就出現的一位女性客人。

她的外型纖瘦孱弱，講話總是小小聲的，一開始我還以為她身體不太好，因為她沒有肢體殘疾但總是以一台電動車代步，因此有特別詢問她能不能喝冰的，是否需要溫開水之類的常見問題。但很快地，我發現她並沒有這麼簡單。

最一開始，我只是發現她的長裙底下，很帥氣地穿著室內拖鞋，在雨天的戶外行走。雖然覺得這人還真是狂放不羈，但也可能有些狀況。因此我總是有特別關心她的狀態，而這善意她也同等地回報給我們，並沒有太為難我們任何事情。除了她來消費時偶爾會有一些奇怪的要求，像是「我可以用五十元續杯一杯熱可可嗎？別家老闆都會給我續」之類比較讓人無言以對的問題。所幸我們的應答早已被訓練到學會如何用「軟軟的硬」笑著婉拒她，而她也沒有繼續強硬地要求我們。

但緊接著有一天，她在我們午夜打烊清潔的時候進門求救，請晚班男員工去幫忙開她家裡的門，原因是「鑰匙或是她家大門好像壞掉了她打不開」。由於她的公寓就在店的巷口，基於敦親睦鄰的前提，我們當然義不容辭地去協助她。但在我們的壯丁去幫忙之後，隔天跟我們回報說她的鑰匙和大門完全沒有問題，一開始雖然覺得很奇怪，但還是幫她找理由說可能只是角度沒抓準所以打不開吧？

然而，相同的狀況三番兩次不停地發生，所有男員工都覺得毛毛的，甚至怕自己被仙人跳，因此我們只好私下自己協商如果還有類似的事情，只能讓女同事去幫忙。

不知道是不是因為我們其實對她很包容，因此她對我們也有部分的情感依賴，導致她會傳訊息到店裡的粉絲團，用著跳躍式的語句傳達她是如何受到情傷以及感到「氣血疼痛」，而女神般的踢娜總是溫情且認真地回覆她的訊息，希望可以多少幫助到她一些。

這些大大小小的狀況直到後來周圍有些新的咖啡館開了，我們對她來說可能也沒有了新鮮感，她開始比較少來了，我們才漸少需要去處理這些工作之外的麻煩事。

但就在放生她之後，有一次在這一區咖啡館老闆八卦小圈圈的談話裡，我們耳聞她跟附近幾個咖啡館老闆都曾經產生過糾紛，除了不停騷擾店家之外，甚至會從樓上潑冰塊水下樓去淋某一間咖啡館戶外吸菸區的客人，但最誇張的一件事莫過於是某間咖啡館老闆收到了她寄的存證信函。整起事件的起因，是她在沒有詢問過老闆之前，被老闆看到她往包包裡放了一本順手借走的店裡藏書，老闆在要回愛書的過程中她也強硬地不願交出包裡的書，因此老闆情急之下自己動手拿出。可能當時口氣不佳並且有點推擠到，不歡而散後就收到被指控傷害的存證信函了。得知這件事的當下我跟踢娜都覺得很離譜，另一方面也慶幸我們真是幸運，畢竟我們曾經在各種無法預料的情況之下交過手，都還能夠跟她和平共處全身而退，已經實屬不易。

從此之後，「電動車小女孩」這個眾咖啡館老闆們給她起的代號，漸漸成為她在大家話語言談中的官方名號，而她也依舊用她自己的方式，持續寫下一篇篇沒有極限的故事。

第二怪、火雲邪神

Tina

你知道火雲邪神嗎？聽說是柳殘陽小說《邪神門徒》內的角色，但到廣為人知應該是周星馳電影《功夫》裡出現的那位看起來很邋遢，其實很厲害的武林高手：火雲邪神。

我們店裡，也有一位火雲邪神，簡稱火雲。為什麼呢？因為這位客人不管是散發出來的氣息或外貌，活脫脫就是一副火雲樣。

還記得他來的第一天，是跟一位朋友一起來的。當天他看起來就非常怪，點了熱美式。一般熱美式不另外給牛奶，希望客人喝咖啡純粹味道，除非客人索取。但因為他剛好是朋友帶來，我們貼心且雞婆附上糖和奶。隔天他再來，一樣點熱美式，但這次我並沒有附上糖與牛奶，想不到，他為了這個點不停地問Emily：「你們美式會附牛奶嗎？」Emily只是隨口回答：「會。」他就開始不斷地說昨天有附牛奶，但今天為什麼沒有？

即便Emily已經另外附上，他還是不停追問。

老實說，我快被煩死了。於是當他問我：「昨天是你拿牛奶給我的嗎？」我馬上回答：「不是。」基本上，像這種睜眼說瞎話的舉動，應該很明顯表態打算跟這位舉止怪異到讓人不悅的客人切割關係，心裡想著：「最好他以後都不要再來。」即使這樣，他居然還是可以不停止地問：「昨天真的不是你嗎？我以為是你。」但生命總是由不得人願，他日後也變成天天來的怪人之一。

他的怪異之處還在於不能多看他一眼，不然他會認定你愛上他。微妙的地方就在於他的詭異氣質很難讓人不注意，因此，只要有朋友或女客人來到店裡，我通常會提醒他們不要看他，免得惹來不愉快互動。比如他會主動攀談他認為對他有意思的客人，然後回到吧台不斷問Emily關於他內心的情感糾葛，以及他自以為的彼此曖昧狀態。

很多人會問，這麼奇怪的客人，你們幹嘛還要留住他。事實上，我們也沒有故意想留住他，但的確沒有去趕走他，甚至跟他多認識之後，也理解了他的生活苦楚。這是一件很矛盾的事，他的詭異氣息其實讓許多客人都感染到，甚至跟我們說會因此不想再來，但對我們來說，總是於心不忍，尤其知道他那段時間生活很辛苦後。就在這樣一個糾葛和矛盾的內心戲中，火雲陪伴了我們一兩年的時間，期間甚至還認了Emily做乾媽。

是的，一個四十多歲的中年男子認一個二十六歲的女孩子當乾媽，而且是因為求愛不成，馬上端上一杯水，跪下認乾媽，還說：「妳不答應我就不起來。」你說說這位火雲多怪啊！怪到我簡直無法想像。最好笑的是有一次他和「三怪之一」的小壹一起坐在吧台，他還用狐疑的眼神看小壹，我跟Emily站在吧台內簡直無語，一個本身是怪人的人，卻覺得別人是怪人，不是很奇怪嗎？

只是，那段時間愈是認識火雲，愈知道他的思維像是纏成一團的毛線，他甚至學習了紫微斗數，可能希望能為自己的人生解套。他曾經風光過，在早些年做雪茄生意的那段日子，錢賺得又多又快，花錢也如流水般，後來好像是遭到朋友設計，一夕之間風雲變色，豪宅、跑車、老婆都失去了。

我雖然沒辦法想像他的心境，但能理解為什麼他的思維像一團纏繞毛線。生命發生巨變，如果過不去心裡那一關，生活自然會脫軌。在那一兩年，他的工作一直不穩定，於是天天出現，直到後來找到一家餐館的工作，聽說他自稱炒出世界無敵好吃炒飯。我想，他生活應該安定了吧！這兩年沒有再見過他，無論如何，希望他現在一切都好。

Emily ——

在店的營運從摸索碰撞到漸漸熟悉上軌道的過程中，季節也在不知不覺間從冬天轉換到夏季。

就在一個剛下起雷雨的下午，有一位頭髮微微花白的男子神色慌張地闖進戶外區，一邊大力拍掉雅痞休閒西裝上的雨滴，一邊四處東張西望，整個戲劇化的大動作讓站在吧台的我馬上就注意到他的存在，當下心裡就覺得這位男子所有一舉一動都沒在在乎別人的眼光，如此狂放不羈想必也是個性情中人吧！

他闖進室內之後我招呼了他，他很順地在我面前的吧台邊找了位置坐下，想都不想就直接點了一杯熱美式。

熱美式上桌，我順口問了一句是否需要鮮奶跟糖，他就用具有舞台效果的誇張驚訝表情看著我說：「一般咖啡館都會希望客人不要另外加糖或奶在黑咖啡裡，可是妳為什麼會主動問我呢？」香港口音，這人挺有趣。

「我覺得每個人的咖啡飲用習慣都不一樣，我不勉強對方一定要怎麼喝，也不會排斥特殊要求，這樣也算是基本尊重吧？」

接下來他興致盎然地不停東拉西扯跟我聊天，我一邊忙著店裡的事，一邊有點分心敷衍地回應他的話題，一直到雷雨停歇他才買單離開。從此之後，他幾乎天天來，在愈來愈多次的談話之間漸漸了解他的戲劇性不只表現在他的外顯行為，連他腦袋裡運轉的東西也跟常人不同。因此我常會跟他討論到底他這些奇怪的想法是怎麼發展來的，試圖讓他不要跟這個世界脫節太多。雖然有點雞婆，但這是因為我後來從朋友那裡得知，他原本是個做酒與雪茄生意的商人，周遊列國。有個同業的朋友以前也有跟他做過生意，直到他後來的行為想法愈來愈奇怪，不僅穩定的生意事業開始受到影響，最後甚至連老婆都離開了他。這些對於以前念臨床心理的我來說，其實替他感到有點難過。在大環境中，大部分的人對於心理健康狀態的理解不多，以致於某些人在問題剛開始發生的時候，並沒有及時被發現並尋求專業幫助。除此之外，有時候在公眾場合中，大部分人也會因為一些隱憂而排斥所謂「奇怪的人」，造成他與社會愈來愈脫節，得不到正面回饋的惡性循環。正因為如此，我對他比較不客氣、沒有官腔，但也比較有耐心，然而在他邏輯奇怪的腦袋裡，他似乎又誤會了些什麼。

有一天，他忽然說他喜歡上一個女孩，問我要怎麼告白才會成功。在我對他的觀察，對於擦身而過不小心多看他一眼的女性，他都會覺得對方好喜歡他，在偷看他。一邊搭配上他戲劇性的竊笑真的是滿嚇人的。因此我常常翻他白眼叫他不要想太多，也不要笑這麼誇張，如果嚇到店裡的女生客人我就要把他趕出去。但這次竟然大動作打算要告白，看來不得不制止他了。

殊不知，有一天下午他又一副想找我討論他要怎麼告白的樣子，我才正要請他老人家不要想太多，他就出了一計直拳：「我喜歡妳！」

不只我傻眼，當下現場所有客人也很應景地突然一片安靜，我口氣冷靜的做了一個台階：「再開玩笑我就趕你出去。」然後就走進吧台繼續忙我的。

後來他回到吧台前的位置，小小聲地問我能不能給他一杯茶，給他之後他突然單膝跪下，一如往常的戲劇風格，將茶杯舉高大聲說著：「今天我敬妳這杯茶，認妳為乾媽，妳如果不喝，我就一直跪著不起來！」

於是，我就這樣用自己泡的茶超隨便地認了一個大我二十五歲以上的乾兒子。

好處是，我的碎念或是威脅，他都很聽話，當要控制他在店裡不要有脫序行為時還算滿方便的。雖然他在喊我乾媽或是媽的時候，有時會引起客人側目，但我也不以為意。過年時他跟我要紅包，我也還真的有給個兩三百塊錢意思意思。有朋友問我為什麼真的要給他紅包，甚至是為什麼要讓他一直來店裡，我只回答說，我不知道店裡應該要來些什麼樣的人才是對的，至少我拿紅包給他的時候，我看見在台灣沒有任何親人的他，眼裡閃著複雜的情緒。

店裡就這樣默默地包容來自四方的人們，怪客也一直不曾少過，但是只有我這狂放不羈的乾兒子，存在感強烈到店裡的小朋友們為他取了一個電影裡霸氣十足的綽號：「火雲邪神」，又簡稱「火雲」。雖然他瘋瘋癲癲，不知不覺間他也陪伴著我們度過了四五個年頭，也常把我們氣個半死。但當他有時碎念著，這裡讓他有家的感覺的時候，我跟踢娜還是覺得很窩心的。後來隨著他的精神狀況愈來愈糟，生意沒辦法做了，房子被收走，他開始找打工賺錢，漸漸地愈來愈少出現，我們就沒有再見到他了。

最近一次有他的消息，是三年前他來店裡找我而我不在，他留下了一張手寫紙條，紙條上說他好不容易找到了一個大排檔的工作，也已經參透了炒飯的奧義，要我好好保重身體，乾兒子敬上。

雖然我一直保持著不遠不近的安全距離，因此從來不會去主動關心，但還是忍不住想著，不知道他在外面有沒有遇到能夠好好接納他的環境呢？

我這個假乾媽還是很稱職地在擔心著。

第三怪、向日葵先生小壹

Tina

開咖啡館對我來說，像進入一個嶄新世界。

三十一歲開店，在這之前，我一直是家居線記者。採訪對象大多是對生活有想法的人，每一次採訪，對我來說都不只是工作，而是從中吸取他們的經驗，成了我生活重要養分來源。所以，我一直是個竊盜者，盜取經驗甚至包括對生命的看法，來滋養我對生活的想像，對內心涵養的期待。

開了店，全然翻覆了原本的生活想像。我才知道，人，真的有千千萬萬種，應該說，原來世界上的怪人真的好多呀！然而開店八年多，往來這麼多客人，即使怪人層出不窮，並列三怪的始終是小壹、火雲和電動玩車小女孩這三位。這三怪實在值得與大家分享，因為他們曾經那麼真實地豐富了我們的生活。

小壹是這三怪裡最後一個出現，但印象卻特別深刻的。可能那段日子，他陪伴我們打烊，甚至參加一年一度聖誕節交換禮物趴，白吃白喝披薩和炸雞，卻沒有帶禮物來交換，加上行為舉止怪異，最後甚至飲料只收他一百元，但他必須只能坐在吧台最後一個位置，方便我們監控他。那段日子，我們就是這樣相處的。

小壹第一天來的時候，我們對待他是一般客人的方式。那時候的他，會在座位上發出痴痴的笑聲，然後不斷在店內遊走。老實說，小壹登場的第一天，我們站在吧台內一直用非常疑惑的眼光觀察他，他一進來身上很明顯散發著「我是怪咖」的氣息，因為陌生，讓我們很驚慌。第二天，第三天，第四天……他一直是這樣的行為模式，我們終於受不了，請他好好坐在座位上，顯然他不太理會我們。

接著，有點忘記事情怎麼會演變成後來的樣子，總之，可能相處了一段時間，對他不陌生了，我們開始不把他當成客人，倒像朋友，開始會教訓他不准一直走來走去干擾客人，不准一直亂換座位，甚至還給了他特別坐席，就是吧台尾端座位，離我們進出吧台的入口最近。甚至到後來，因為他會亂玩水，還喜歡玩衛生紙，於是他有了一包專屬衛生紙，一個專屬垃圾桶，每天晚班收拾垃圾時，還得多收拾他的垃圾。

他常會外出遊走，有時候會順道幫我們買東西，甚至還會在院子幫忙拔做青醬用的九層塔。我們也開始發現，雖然他行為舉止很詭異，但他好像都知道自己在說什麼、做什麼。也就是，他在裝瘋賣傻。

比如有一次我在看旅遊書，他湊過來一起看，突然指著其中一張照片說：「這是融合西方的日式建築嘛！這是皇居。」我還心想說他在胡說八道，一去查資料，沒想到居然是真的。當下我們已經懷疑，開始聊天時會設下陷阱，透過不斷交談來測試邏輯反應，更確定他就是在裝傻。

最好笑的是有一次Emily在跟他玩耍，突然他背心掉出一支手機，Emily馬上問他：「吼，你怎麼會有手機？」我想小壹當下也很驚恐，但他依然裝瘋賣傻地把手機拿回來放進口袋裡，嘻嘻哈哈地離開，故意發出怪聲和做一些舉止怪異的行為，來掩飾剛剛發生的事情。

老實說，小壹讓我了解到原來生活中每個人都有苦楚，有著不為人知的悲哀和傷痛。或許對他來說，裝瘋賣傻的日子，是暫時疏離原本生活的最佳方式。因為我們也輾轉得知小壹其實是家醫科醫生，現實的一些狀況，讓他選擇開始過起四處閒晃的日子。有一次同事路上偶遇小壹，默默跟蹤，發現他就住在信義路上的某間飯店裡，一度我們以為他是飯店小開，後來才知道原來是他母親為他安排的住宿。

小壹和我們相處了將近一年後，轉戰西門町遊蕩，漸漸消失在我們生活中。但小壹的精神一直存在著，三不五時聊天還是會提到他，偶爾還是會模仿他的標準動作（指著食指不斷揮動）和口吻。那段日子對我們來說是很有趣的，每天一開店他就來了，偶爾外出閒晃還會帶些食物回來，我們毫不客氣地分食他的食物，他都笑笑的。需要拔九層塔時，小壹都很樂意幫忙，大家嘻嘻哈哈地閒聊，講些垃圾話，時光總是飛逝。

即使到現在，有時候我還是會想，小壹的現實生活到底發生了什麼事，讓他會選擇這樣的方式？跟我們相處的這段時光，小壹開心嗎？我們會再見面嗎？他現在好嗎？結束流浪漢的日子，回去當醫生了嗎？

可能我永遠都不會知道答案，因為生命像一條河流，我們是彼此的擺渡人。

Emily ——

在店裡來來去去的客人中，總有些最經典的怪人會留下歷史性的回憶，而在某個夏末的下午，店裡來了一位令人記憶點非常深的怪客。

他第一天踏入店裡時，似乎深深被店裡書架上的書所吸引，不停地起身換書翻閱，坐一下午買單離開之後，過不到一個小時又再度回來點了杯飲料坐下，換書頻繁到坐書架旁邊的客人都忍不住一直看他。從那天起，他幾乎每天都來，每天都穿一樣，從開始營業一直到打烊整天都坐在店裡，不僅沒有訪客，也沒有家人來找他，也不知道他住在哪裡，是街友嗎？為什麼不用上班？為什麼都沒有換衣服？甚至有時候我們懷疑他好幾天沒有洗澡。為什麼雖然如此，他卻都有錢點東西吃喝？有時候還買些很奇怪的小孩玩具進店裡玩。

雖然疑問很多，時間一久，他還是從我們這裡得到了一個代號：向日葵先生。

原因是不管他坐在店裡哪個方位，他總會把椅子挪成面向吧台的位置盯著我們上班，就算只是我們走到戶外區短暫小歇，他也會把他的椅子轉向，望著我們微笑。頭幾天覺得滿不自在的，畢竟有個陌生男子一直盯著妳看，還不時地發出竊笑聲，多多少少讓人覺得不太爽。但是幾天過後反而就習慣了，人真的是個習慣成自然的動物。

後來似乎是因為他在這愈待愈自在，漸漸開始旁若無人地大聲朗讀他正在看的書籍，除了朗讀出來之外，他還會一邊配合書裡人物的情感而調整朗讀的語調，有時候他真的太入戲太忘我，音量動作漸大，我們甚至需要制止他把他拉回現實，以免影響到更多的客人。

但葵哥總是會發展不同的新招跟我們抗衡，有一度他非常喜愛把雙掌貼在大落地窗上向外張望，大約每五分鐘就會站起來走到窗邊，瀏覽一陣戶外風光再坐回位置上。每天早上開店前擦得晶亮的玻璃，沒多久就會霧霧油油的，充滿他的掌印，我們就必須要不停地拿清潔劑、抹布反覆擦乾淨。當我們擦玻璃的時候，他總是在旁邊無聲地大笑，就像默劇一樣，捧腹的誇張動作配上無聲的大笑。

過沒幾天，在一個忙碌的下午，葵哥一如往常來到鴉埠自言自語，朗讀書籍，新鮮的是他那天發明了一個玩水的新招。他把玻璃杯的水加得滿滿的，然後跟自己玩著在老式酒吧裡，帥氣的吧台推啤酒遊戲。他不停把滿水的水杯從左手推給右手接，然後再推回去給左手，想當然水溢得滿桌都是，而店裡吧台區座位都是木作的，上面還有實木貼皮加黑色塗漆，完全就是一個非常怕水的組合。水就這樣滲進木作的接縫中，我到最後才發現滿桌子都是水，而坐他隔壁的客人也發現了，不停地側頭看他，並且默默躲遠以免潑濕電腦。我察覺之後馬上制止他。

「欸！可以請你不要玩水嗎？！」葵哥不但沒有回應，而且還表情浮誇地表演著無聲的捧腹大笑，完全無視我們一群人忙著收拾善後的忙亂，彷彿我們是群大驚小怪的白痴，一邊繼續撥著水杯。這時候我瞬間理智斷線，不動聲色地把抹布往水槽一丟，走出吧台到他旁邊，拿走他的水杯，說：「你到底有沒有打算跟我道歉？」

他帶著傲嬌的笑看著旁邊的空氣，彷若未聞。

「你如果不回答我的話，你就不要來這裡！」

他總算冷漠地回了一句：「都可以啊！」

就這樣，在多次的積怨之下，葵哥直接被我趕出店門，就算接下來不停地在門口徘徊張望我也當作沒看見，直到隔天我稍微氣消，才在我們的引導之下，彆彆扭扭地道歉。

雖然總是有些小小的低能衝突，可是也有每日相處漸漸累積的情誼，同時我們也開始發現他懂的事情似乎不少，看似不是一般的怪人。最讓我驚訝的一次是，某次我們鬥嘴，我一氣之下講了一個醫學上的英文名詞說他有這個症狀，沒想到他聽懂了，不但生氣了，並且還講出它的英文縮詞一邊回嘴罵我是精障。我當下真的傻住！

當時還發生了一件事，有位穿著西裝筆挺的客人在買單的時候看到葵哥坐在吧台旁，竟走過來跟葵哥熱情地打招呼，葵哥傻笑的回應讓男子最後微尷尬地離去。傻眼的我們更忍不住開始猜測他的身世。

他是失常而流落街頭的學者嗎？還是迷失自我的有錢男子？

難道是在做社會研究的實驗者？或是他真的只是一個精神狀況不佳的普通人？

抱著各種臆測，也是七八個月過去了，葵哥開始變成店裡的一分子，一起幫踢娜拔九層塔，一起在聖誕節交換禮物的時候吃我們的披薩炸雞。儘管有時候他還是很失控，但是店裡知情的善良客人們也會包容著他，有時還會跟不安的新客人講解他的狀況。終於有一次，有個常客跟朋友講到葵哥的狀況時，意外地打聽到關於葵哥的訊息！

原來葵哥原本是個醫生，因為感情受挫，開始放逐自我。更聽說在我們不知情的時候，他的母親就很常經過我們店，偷看她的兒子是否安好。

可是天下無不散的筵席，忽然有一天，葵哥沒有再來了。一開始我們看著幫他布置好的座位空著，一邊擔心他是否在外面遇到什麼狀況，過一陣子才聽說原來是被他母親找回家調養了。

雖然從頭到尾我們都不知道葵哥究竟是裝瘋賣傻還是真的刺激過度，可是我們心裡小劇場還是默默期待著，會不會有一天他會突然神智清醒，穿著體面的出現在我們面前，微笑著謝謝我們那一年的照顧呢？

我們的貳號店！

Tina

貳號店開幕，很多人對我說：「恭喜！」恭喜當然是要說的，如果朋友開店，我也會這麼說，人之常情。面對同一件事，每個人反應有所不同，對我來說，開第二間店的「喜」中夾帶著太多的愁。也因此難怪關於貳號店這篇文章，我重寫了五次以上。寫好又刪，寫好又刪，就這麼過了一個月，我實在對於貳號店有著太多百感交集呀！

這八年來，我不斷思考著咖啡館的存在意義。它當然是城市裡不可或缺的人文風景，遊走在現實的領土上，我們都需要一個喘息角落，窩著看書或和朋友相聚，成就生活裡的小確幸，包括我自己也很需要這樣的中介空間。但經營咖啡館，有著意想不到的複雜。每天往來的客人那麼多，永遠有突發狀況，沒有一刻安寧。我從來不覺得壹號店已經到了可以讓我覺得安穩的狀態，只不過能稍稍喘息罷了。但為了很多考量，不得不開第二間店。或許有些人會說，能開第二間店已經很好，還說什麼不得不……但你無法否認，人生當中的確有許多的不得不，像命運的推手，你只能向前，或是放棄。

從小到大，對於束縛我一向難以接受。偏偏開店就像束縛了我某部分自由，比如不能提離職，不敢長時間休假，沒有真正所謂的下班，這些都曾經讓我崩潰。不要跟我說但至少妳是老闆，我根本不在乎這種頭銜，錢賺的沒有比較多，付出卻特別多，還失去自由。但因為世俗上不得不面對的責任，讓我不得不甘心喪失自由，這幾年來心境上的迂迴曲折，只有我自己理解。當一間店已經綁住了我，何況再開第二間店，綑綁更深更重。對我而言，開第二間店所帶來的壓力，自然很巨大，尤其要再經歷開店的草創黑暗時期，真是驚悚。

但這次很幸運，至少有同伴相隨，不像當年我們只有兩個人，光想到這件事，就讓我滿懷感恩。從壹號店拉到貳號店的同事，都是老手了，跟著一起上班至少都兩三年起跳，很了解我們的個性以及訴求，而貳號店在裝潢過程中，我也盡量朝向大家喜歡的風格：明亮、靜謐。其實，我是喜歡用色重的，了解我的人都知道，我不太喜歡白色，因為白色所呈現的美麗是短暫的，沒多久之後就會被玷汙，而我不喜歡這種短暫的美麗。但不能否認對大多數人來說，白色的確帶來了平靜或某種安心感，於是我樂意使用白色。當然，還是沒辦法接受全白，因此讓壁面有了藍色腰帶。

開幕第一個月有朋友說：「這根本不是妳的風格呀！」她說的沒錯，如果這空間全然屬於我一人所有，我不會這樣裝潢。但這間店是屬於大家的，裝修時期有爸媽的意見，有未來在這裡上班的人的期待，加上壹號店當初在我執意堅持空間必須經歷歲月淬鍊才能擁有自己的靈魂時，反而讓空間起初看起來很枯竭，導致生意很差，如今不想再重蹈覆轍。就算事實證明當初所堅持的理念沒有錯，但每個月賠上那麼多錢，花了兩三年才生意轉好的過程太折磨人了。

何況第一間店是我經歷裝修的第一個空間，八年過去，我還裝修了自己的家、大姊的家、朋友的店，理解到要讓空間擁有自己的生命雖然重要，但善用優勢讓空間有故事性也很重要。而老家原有院子的綠意很是迷人，保留拆除時的殘破壁面然後上漆，看見過去痕跡，都是述說故事的好方法，當然也是我想留住過往歲月的一點私心。

貳號店是利用老家重新整修，而裝修這件事就像替空間動整形手術，是要蛻變成全新的一個人，還是保留著部分的自己，都是一個選擇。對我來說，貳號店不只是三年前每周會回來睡個兩三天的地方，更是我在小學一年級就搬來居住的老家，住在這裡三十幾年了，要把痕跡全部抹滅，實在太殘忍。父母其實不太能接受殘破壁面被保留，為此我們不斷拉鋸，還好我們的好朋友，同時是監工的小廖從中斡旋，最終我和父母各退一步，可以保留拆除後的殘缺壁面，但必須局部上白漆。

學習退讓，是很重要的。從小我就是個不喜歡退讓的孩子，如果我要跟朋友出去玩，我就是要出去玩，如果父母不讓我去，我會大吵大鬧，認真捍衛著我的自由。長大後才明白自己有多任性。高中時只要跟朋友出去，就像脫韁野馬，大口呼吸著自由的味道，打死不想回家，即使蔡媽瘋狂call我，明明知道她會擔心，也不打電話回家。但那時候我有個同學，看起來自由瀟灑，不過她都會打電話回家報平安，她說：「不想讓媽媽擔心。」讓我印象深刻，但直到出了社會我才真的做到打電話回家報平安，而且為了過往任性內疚不已。

或許因此，我對貳號店期待很大。壹號店是我們的根本，是發跡之所在，但貳號店卻是我們的老家，承載著兒時回憶。如果說我對壹號店的期待是希望來訪的人可以感到慵懶和溫暖，那麼我期望貳號店能帶給客人更深沉的感受。我希望他們能得到一點平靜，一點寬容自在，一點靜謐，一點安心。因為這些，也是我期待貳號店能帶給我的。一個空間的養成，涵蓋著主人內在期望的投射。或許，這也是我會使用白色和藍色的原因，白色明亮，藍色靜謐，而大面窗映照著一片綠意，是城市裡難能可貴的窗景，也是我們的幸運。所以，我喜歡坐在這片窗前打稿，看著窗外綠意盎然，就會感到一股平靜。

以前這裡因為是住家，緊鄰街道，為了隱密長年窗簾遮蔽，裝修成咖啡館後才讓這片美景真實呈現，這也是讓我願意為了貳號店放棄更多自由的原因之一。而我所投射到貳號店的期待，也只能到這裡而已，未來這個空間，會經歷哪些事？遇到哪些人？擁有什麼故事？不是我所能掌握，但卻是我願意期待的。我期待，貳號店最終擁有更強大的空間磁場，任何發生在這個空間裡的事，無論傷心難過，無論喜悅亢奮，都在她巨大的寬容中，平靜，安詳。

Emily ——

對於開店這件事，我們兩姊妹總是一直嚷嚷著開店真的好累，有朋友想要準備開店，我們都會先把黑暗面講得很清楚，以免對方頭都洗下去了，卻不想洗完因此進退兩難。而對於開了第二間店這件事，就像是在聽已經結婚生小孩的朋友們總是在說：「天哪！養小孩好累！我絕對不要再生！」然後過不到兩年，卻在當時斬釘截鐵地說帶小孩好累，絕對不要再生小孩的朋友臉書上，又看到二寶出生的消息一樣，如此自相矛盾。

沒錯！開一間店就好似在養小孩，顧店超累這件事是必然的，不過這是因為愛而自願彎腰去馱起的包袱，因此就略過不談甘苦面。然而就像生小孩容易，養大要如何教育卻很難一樣，未來究竟會變成怎樣的大人，好像都不是父母可以控制的。店會被什麼樣的消費者所愛，它會聚集什麼樣的故事，在裡面的人們會形成什麼樣的氛圍及場域，也都不是我跟踢娜可以控制的。但是一如所有的創造者，明明知道控制不了，卻還是會有一些特別的期望，在事前就會被擬定在成長計畫裡。尤其在把老大養大養活，開始蓬勃發展之後，有些這次做不到的遺憾，還有「原本還能夠更好」的執念，就被我們放在未來處理，讓自己當下的心理比較平衡。因此，貳號店計畫，就這樣日積月累慢慢地成形中。

在已經有前面頭一胎的經驗之後，這一次，除了希望能夠別多走冤枉路，不用浪費太多時間及金錢之外，又要把握機會實現之前沒機會能做到的部分，原則上在整個貳號店的生成中，我覺得根本就是一個去蕪存菁，遺憾補償，自我成長，以及自我療癒的療程。像是我們以前很多的考量會在「與消費者妥協」跟「咖啡人理想作法」天秤兩端上糾葛，很多結果都是消費者勝出，因此一店裡面有很多咖啡之外的軟性飲品，甚至占了飲料品項總數的百分之六十以上，雖然在製作上需要多費時間去調製可可，或是需要預先備好茶品，但這都是為了正好沒辦法喝咖啡的客人們可以在菜單上找到他能夠享用的飲料。

然而踢娜的部分也是一樣，原本只是想出個簡單的麵包輕食以及簡單質樸甜點就好，義大利麵只是準備給飢腸轆轆的人在咖啡廳可以吃粗飽而已，結果到後來變成義大利麵熱銷，踢娜變得很頻繁地需要慢火熬肉醬、醃製雞肉、處理生鮮菜葉打成青醬等等，在備料上花了更多時間。這一切都是為了讓來到店裡的客人能夠多個願望一次滿足，卻因此累了我們自己，而途中不是沒有衝動想過要取消某些複雜的品項，像是取消義大利麵，或是取消可可飲品，可是卻又不忍看到客人失望的表情而作罷。

由於在一店想要貼近客人的心而做了許多複雜化的商品，雖然結果也是沒有讓我們失望，付出的努力的確贏得了客人們的喜愛，可是回頭想想實在是太累人了呀！咖啡魂的我心裡疑惑著，為什麼總會有幾天變成可可奶茶飲品專賣店呢？踢娜也是覺得她並沒有要當廚師呀！原本只是想呈現一個簡單有質感的飲食擺盤，為什麼義大利麵變成熱賣商品呢？我們在各自努力地做好每一個細節之餘，還是難免想著，如果再有一間店，能夠很單純地讓我們可以專注做好自己喜歡的事，那該有多好！

因此在貳號店，總算可以讓我們的任性呈現了吧！

咖啡與餐點的品項雖不如一店的多卻很專精，咖啡總算可以讓我盡情地用各種方式呈現，店裡極好的咖啡機與磨豆機讓咖啡風味能夠多元化展現。也沒有任何調味用的果露在貳號店供客人選擇，客人需要選擇的只有咖啡豆以及製作方式。雖然在製作上流程因為無需另外調味而看似變得簡單，可是耗時還是頗多，因為所有製作的動作都是影響風味的變因，連咖啡粉〇・一公克的差距都需要仔細拿捏，咖啡師的專業度、穩定度以可是雖然看似精簡了許多，到頭來，及專注力都需要提高。而踢娜在餐點設定的部分，雖然都是簡單的輕食，品項相對也少了很多，並且不再有需要動火爐爆蒜煎炒的熱食，但是所有蔬菜肉品都是新鮮採買的食材，醬料的選用品質都很好，甚至連麵包都要每天手工製作，用極好的麵粉與酵母發酵，想要讓客人在簡單的飲食中，享受到最好的風味。到頭來，雖然看似精簡了許多，可是在精益求精的前提之下，我們兩姊妹才發現，原來並沒有比較輕鬆！

所以我們在貳號店身上學到的第一件事情就是：沒有第二個比較好顧這種事！只有一些事情比較有經驗了，無需浪費時間去摸索，但是要顧好一間店還是得耗費同等的心力，原來這就是手心手背都是肉的父母心呀！

而在貳號店剛開始對外開幕的試賣時期，總是會被拿來跟一店做比較：

「蛤～這裡怎麼沒有義大利麵？」

「咦？為什麼這裡沒有酒香可可？」

「為什麼這裡的桌子比較小？」

貳號店就像會被拿來跟老大比較的孩子一般，努力地想要走出自己的個性，在各種質疑之下，我們兩姊妹總是需要堅持一開始的立場，總不能因為這些無心以及無需負責

的言語而讓貳號店失去信心。我們嘴上說著：「八年前的一店跟現在的貳號店，是我們成熟之後的另一個進階的呈現。」很堅定地為她站台，但是老實說在一開始生意不好的時候，心裡還是有點慌，因此兩姊妹也不免俗地很常亂吵架。所幸這兩間店風格迥異，並不會互相搶客人，而貳號店持續的努力與用心，也漸漸培養出自己的粉絲，我跟踢娜才稍微鬆了一口氣。畢竟一店的茁壯是她自己的生命力所營造出來的，無法被複製。我們做不出一樣的精神，所以也無法有一樣的生意量。然而現在的貳號店，在短短三個月左右也漸漸開始發展出她自己的磁場了，看著待在這個空間裡的人們愈來愈多，隱約感到有許多故事正在鋪線，至於未來她會走向什麼樣的光景呢？我們當然控制不了，但卻充滿期待！

輯二

醞釀期，開店前預備備

最初的那一天

Tina ——

所有事情的發生，無論是起初或結束，都是因緣際會。當日子一天天累積成了一段歲月，回頭望，一切似乎都是命中注定。

就像二〇〇九年七月某一天，我正準備著中文研究所考試，窩在台北車站旁的補習班上著聲韻課，突然中午休息時間接到Emily電話，急匆匆要我馬上回家跟她會合，因為她在租屋網看到一間合適做咖啡館的屋子。

還記得當下我很疑惑，心想「不是說還要準備兩年才開店嗎？」一邊通著電話跟她說：「可是我下午還有課耶！」Emily很霸氣地說了類似：「蹺課就好啦！」或是「反正我不管啦！」之類很任性的話，然後就去看了房子。

我們就只看了這麼一間屋子，不知道為何，小妹執意要這一間。其實早在兩三個禮拜前，個性果斷有衝勁的大姊，直接跟房仲預約看房，她只打電話來通知我們下午一點要到現場。現在想想，大姊約的那間屋子未必不好，處在綠意盎然的金華公園旁，地點清幽，開間咖啡館，靜謐愜意。但好奇怪，我、Emily和老媽三個人同時忘記要看房子這件事。或許是那天中午過後，大雨滂沱，加上盛夏中窩在房內吹冷氣看電視，相當舒適。總之，就是一起忘記了。大姊很詫異，但也沒多問，就這麼擱著，直到我們遇到了這間屋子。

說起來更好笑，當初打算租屋時，連租金的錢在哪都還不知道，兩個姊妹就傻呼呼去看了，然後就說要租下了。峰迴路轉地因為算命師跟老媽說了一句：「妳今年不買房，以後都別想買了。」這又是另一個莫名其妙之處。於是，老媽就瞞著老爸買下這間屋子了。

老媽買的時候，因為是瞞著老爸，等於她手上也沒錢。大姊則是因為正要跟姊夫一起創業，手頭也很緊。如今每次回想起來都覺得太不可思議了，在這樣一個老爸不知情，但明明他才是金主的狀況下，大姊很有情有義地贊助了咖啡機的錢，老媽則是不知道怎麼乾坤大挪移地拿出一筆錢，才有了這間店。

因為太不可思議了，我想我會永遠記得最初的那一天。

那一天的陽光，那一天空氣的氣味，我們勾著手，就像平日時常一起外出散步般，走進住家附近的屋子裡，拿下了這間屋子，開了這間店。然後一起許下一個願望：「要開一間永遠存在的咖啡館，裡頭有咖啡、有溫暖、有人情、有故事，有愛。無論人們來來去去，姊妹倆永遠都在。」

Emily ——

在確定開店地點之後，我們時常在各個不同的時間點，來到這裡開啟我們的幻想模式，幻想著它在各種不同的時間點，應該會有什麼樣子呢？

幻想著，在陰沉滂沱大雨中保護著我們的它，在雲淡風輕的午後斜陽陪伴大家談笑風生的它，在靜謐街口轉角路燈下散發光芒的它，甚至不管在什麼時候，當你孤身一人想要在這找個安全角落窩藏時，你們心裡、眼中的它。

只是用想的、講的都很簡單，用做的卻很難。

在這一切幻想開始實際動工之前，店的風格定位我們似乎也要先給個確切方向了。

每個時期總有一些走在室內裝修流行風潮上的風格特色店開幕，而其中也不乏當時總在潮人們話題中出現的熱門名店。不管是稍早之前流行的鄉村風、北歐風，或者是工業風、極簡風……等等，不同風格的店都會擁有它們自己的消費者族群。

其實有抓到流行的走向是很好的，可以吸引當下對特定風格有愛好的族群們入店消費。畢竟在一開始時，還是需要運用外表吸引力法則來吸引客人與店的接觸，增加彼此深入了解的機會才能累積回流客。只是討厭的是，有特定風格的店總是會在第一眼就被看出是什麼時期開的店，有時候流行一過，就會顯得過時或是老氣。

然而我們卻是打從一開始，就沒打算要開符合「流行」的咖啡館。

雖然跟著流行走或許會有點安全感，至少在消費者心中對某個風格是熟悉的安全感效應中，他知道他走進這間店大概會有怎麼樣的商品，也可以預測這間店會給他什麼樣的氛圍。但我們決定不跟隨當下的流行，倒不是自傲到覺得自己不需要跟流行，也不是刻意想特立獨行。我不想這麼做的心態其實很簡單，我只是希望它能擁有一種「看不出是什麼時候開的店」的特質，彷彿可以永遠不老不死，卻也不會讓人覺得年輕

得如此浮躁。

只是我很擔心，我們只透過自己的喜好以及所希望的樣子去建構它的模樣，這樣一定不能夠符合所有人的期待的啊。

但是踢娜說，一個空間通常是主人內心的體現。在這個前提之下，這個空間自然會吸引同類型的人們進來，漸漸聚集許多人的故事，而後成為能夠滋養它的養分，進而形成它自己獨特的靈魂，像有自己的生命一樣繼續壯大成長。

這時候不得不說我真的不能沒有踢娜啊！她總是讓我覺得再瘋狂的事都是有可能做得到的，或許像我這樣太理性分析的人，老是把事情看得太自以為透澈而認為是否該與現實妥協，缺少了感性面該擁有的熱血、衝動與堅持。

在踢娜的主導之下，我們開始有計畫地條列出各自喜歡的咖啡館特質，彼此討論協調甚至大吵架。在這個孕育的過程中不能說是好玩舒服的經驗，基本上完全不同的我跟踢娜就好像水與火相抗衡，因此初步誕生的，就是店裡各半片的帶黑紅牆以及柔和秋香綠牆。

當油漆工完工，我跟踢娜站在店門口看著這一片門面時，踢娜說：「哇！人家會不會覺得我們的顏色太瘋狂了？」

「哪有關係！紅配綠，我們就是要很臭屁啊！」

在一陣猶豫與不安之後，我又再度充滿了熱血與狂妄。

CHENTATTOO777
/WENAN3143 (Ane Chen)
mail: CHENTATTOO777@gmail.com

命中注定這是我們的咖啡店

Tina ——

當初怎麼會有勇氣，兩姊妹就自己攬起裝修這件事，現在想想還是覺得不可思議。但從這件事才了解到，即使我是跑家居線記者出身，看過上千間房子，知曉空間品味，但真要身體力行地把一個空間從無到有建立起來，真的不容易。不容易的地方，不在於布置或選用材質，而是隱身在這些表面下的基礎裝修，尤其是水電，管線配置。那時候我才了解，不是我想要這個水龍頭在這裡，它就能在這裡，要考慮的因素很多。

還好當時朋友介紹了監工小廖給我們，現在想想都會偷笑，我猜想當初小廖其實很頭大吧！每次問我們想要什麼，兩姊妹都一頭霧水，還得要他耐心外加細心地講解，才稍微有點概念，然後我們還得再消化個好幾天，才有辦法告訴小廖我們的決定。就這樣一邊學習，一邊思考，用一種很慵懶的速度，讓一個明明只是做基礎裝修的空間，硬生生裝修了快半年。

但那段時間很開心，發生很多很有趣的事。像全家人都知道我們準備要開店，唯獨老爸不知道。每次老爸前腳才踏出家門，老媽和我們馬上合體，開始嘰嘰喳喳激烈討論，老爸一回來，馬上散開做自己的事。還有，那時候我們都已經離職了，但裝修的事情讓我們很忙碌，每天早出晚歸。老爸一方面擔心我們的工作，一方面又怕給我們壓力，加上我們感覺很忙碌，他當時一定一頭霧水吧！

有一次他和Emily的對話，直到現在想起來都好笑。Emily準備出門時，老爸問了她：「妳要去哪裡？」Emily回答：「沒去哪裡。」「那妳都在做什麼？」「沒做什麼。」「那妳什麼時候回來？」「不知道。」隨後Emily就到黑潮咖啡和我會合，說起這件事情，我們倆笑壞了。現在想想真是不孝，當初讓老爸如此擔心，兩個女兒還在背後偷笑。

說到黑潮咖啡，那可是當初我們的開會要地呢！也是在那裡，我更清楚了咖啡館存在的意義。我曾經說過咖啡館就像是一個在住家和工作場所中間的休憩地，對那時候的我們來說，就是黑潮咖啡收留那段日子的我們，每天窩在那裡，攤開自己手繪的室內格局圖，邊抽菸邊討論，有一度因為盯著手繪圖，太靠近插滿密密麻麻菸蒂的菸灰缸，回家後疑似菸中毒，Emily還叫我趕快喝水，加速代謝。

那段日子，看似想了好多，但跟現在比，其實想得好少。當時沒意識到，選擇踏上這條路後，就不能回頭了，必須更努力更用功更堅強。相較之下，那時候好單純，每天就是瞎忙著，坐在黑潮吸菸區也從來不是積極討論，可能我在看書，她在打電腦，然後朋友來找我們，就開始聊天。從下午坐到黃昏再待到打烊，因為有個棲身之所，所以心安。

如今，每次看到窩在店裡一整天的客人，都會想起八年前的我們。有時候，會有人說客人坐這麼久，一整天不就只賺了這一杯飲料錢嗎？如果人世間所有的事情，都要從利益的角度來思考，我想會少了很多溫暖吧！因為當初如果沒有黑潮咖啡那樣子收留了我們半年，又怎麼會有現在的我們？

所以我都會想著，人與人之間的緣分，真的是互為因緣。我現在或許因為一位客人待了一整天，只賺了一百六十元，但有可能這個空間陪伴著的，是一個跟我們雷同，不能待在家裡，又沒有地方去的人呀！因為我相信，沒有人會沒事待在一個空間一整天，必然有原因。

如今爸媽的新家，正好落在黑潮咖啡附近。有時候回爸媽家，路過黑潮咖啡，就會想起這些往事。我們如今的模樣，就是在另一家咖啡館琢磨出來的！

Emily ——

就像電影，角色名字總是自然而然地出現。

而我們故事的開始，也像是早就注定好一樣，一切來得好突然，但又都是順其自然。

記得約了要看店面那天，是個快要落下午後雷陣雨的大熱天。早上我還坐在剛離職兩天的咖啡館裡，交接後續工作內容給同事，一邊喝著咖啡，一邊打開筆電瀏覽租屋網站，百無聊賴地看著店面出租物件消遣一下。

當時很單純地只是想要休息，調理一下被自己操壞的健康而提出離職。就算計畫著要開店，可心裡卻沒有任何一絲自己的咖啡館究竟會長什麼樣子的畫面，只能一邊看著網頁裡的店面照片，一邊在心裡玩著「如果這是我的咖啡店」的遊戲。

瀏覽著出租物件，下一頁，下一頁。

這個不喜歡，那個不適合，另外那個又太髒太舊，裝潢太難搞，不考慮。然後一個畫面跳進眼裡，一間乾乾淨淨、方方正正的托兒所，座落在一個熟悉的街角。它位在巷子口轉角第一間，感覺有些低調卻不隱晦，大大方方但不喧譁。

忽然之間我對它有了無限幻想，所有對自己咖啡館的想法如春櫻突然繁花盛開，只覺得這裡真的讓我好心動！我馬上打電話給房東跟他說我要看房，因為物件很好，所以我急著當天下午就要約，以免被別人先看先付了斡旋而錯失緣分。我心急到甚至還來不及跟家裡的人討論是否要開店了呢？也還沒有考慮資金從哪裡來呢？

接著我打了電話給姊姊：「我不管妳現在在哪裡，在幹嘛，我已經看到了適合的店面，等等要去看房子！兩個小時之後，那邊見。」

然後故事就這樣開始了。

第一眼的衝動就如一見鍾情的愛情，沒有其他多餘的衡量與評估，只覺得無論貧窮或病痛，都無法將我們分離。

我們將持續經營著這個地方，也會被這個地方默默包容與保護著。未來將會有很多個故事在這裡發生，而這全部都會是它生命的養分。

工地裝修震撼教育

Tina

在黑潮咖啡討論裝修的日子，如今想起來挺趣味。那裡像是祕密基地，討論著我們未來的祕密基地。沒有想太多，真的沒有想過生意會變得很好，沒想過會認識那麼多有趣的人。那個時候只是單純把握最後慵懶時光，整日抽菸、聊天、為空間動線安排以及座位規劃而思慮，這樣而已。

不過走進工地現場，可就不是一件討喜的事了。裝修起初是拆除，滿天飛舞的灰塵嚇到了我，尤其那轟隆隆作響的敲鑿聲，震得耳膜大概要龜裂了。也是經歷了這一場裝修，我才知道裝修師傅們好辛苦。比如，為了替換廁所的模樣，自然得拆除舊有一切，工地現場於是沒有馬桶也沒有洗手台，師傅們上廁所都得將就，甚至拿喝空的飲料罐充當尿桶。做了那麼久的家居記者，太慚愧了，原來我看到的，都是完工後的美麗模樣，施工前的一切，卻一無所知。

一直都知道世界很大，未知事物很多。但每一次生活中的經歷，都讓我體認到生活中的事物，如果視為理所當然，就會遺忘了背後的故事，那些無法想像的，都是生活中的一部分。原來，一個人的成長，來自於漸漸了解更多未知的事情。

工地裡頭還有很多生活智慧。當拆除完畢，空間剩下殘骸般的軀殼，牆壁變得破破的，沒有任何家具可以放置東西。我發現師傅們會把牆面的電線捲一捲，成了臨時吊衣架。然後，因為有午休時間，有師傅自己帶睡袋，鋪在地面上就能好好睡一覺。看到這些都覺得很有趣，在這麼克難的環境中，師傅們都還是會找出一些樂趣，日子才不至於無聊。

記得剛出社會的時候，有個很資深的編輯前輩跟我說過一句話：「偶爾要蹺個班，不能活在常態裡。脫軌，生活才不無聊。」後來漸漸地，我了解這句話的涵義並不是真的要人蹺班，而是要記住，永遠要為生活找樂子。

於是我開始會幫自己找樂子，也會觀察別人是怎麼找樂子的。像工地現場的這些生活智慧，都讓我覺得有趣，跟師傅聊天時，他們像是在分享「自己人」才懂的暗號。曾經有師傅說：「工地生活其實很髒亂，如果不想些方法讓工作場地變舒服一些，會覺得很辛苦。像這些創意呀！只有工地才見的到，等工地一完工，就變美美的樣子。這些點子，都只是臨時的。」

每個階段的施工，都會看到不同工地日常。工地裡沒有桌子，沒有椅子，但當進入到木工施作時，因為有木作施工檯，所以包包、衣服，就有了暫時的檯面置放。有時候帶咖啡去給師傅們喝，站著圍住桌子，邊喝咖啡邊聊天，像一場臨時下午茶。這些工地回憶，至今想起來還是很有意思。有時候坐在店裡某個角落，抬頭看著牆壁，都彷彿看到施工時的這裡，可是纏繞了一條電線掛衣服呢！

Emily

回想起在整個店面的裝潢過程中，一開始所規劃的空間及動線在做基礎裝潢時，腦海裡的完成畫面總是細節非常齊全：在哪張桌子會有哪種燈，哪個轉角要有哪些擺設，在想像裡，所有東西彼此都協調得很好。因此在把店裡主動線規劃完之後，一直天真地覺得之後的事情應該都可以輕鬆解決。殊不知魔鬼就藏在細節裡！

由於我們沒有請設計師，而是自己找了認識的工班來施工，試圖直接呈現出我們心裡咖啡館的模樣。但畢竟隔行如隔山，原來我們自以為齊全的規劃，其實最多也只能算是草圖，細節及施工方法我們完全沒有經驗。因此直到預想的設計終於到了面臨要選擇什麼樣的建材與工法，以及需要確定尺寸的階段時，才開始一邊問工班意見，一邊決定。

由於只要差一點，成果就會差好多，因此我跟踢娜對同一件事各自出現了不同的想法，而每一次的協調溝通也都好像在開辯論會。雖然我們的立意一樣都是以客人的舒適度為主、工作便利性為輔來做準則去討論的，但還是總出現一大堆需要糾葛的事情在拉鋸。

除此之外，由於我們並沒有（也不會）畫施工圖，因此在與工班們的溝通上也是費了不少心血，畢竟圖是在我們的心裡而不是在他們的眼前，對於自己到底要做什麼卻沒有圖面讓他們去理解的師傅們來說，一來一回的猜測、詢問、確認與再確認，不但浪費時間也很容易彼此誤解，對雙方來說都是一場硬仗。

在與師傅們雞同鴨講地過招幾回合之後，某一天的休息日，我跟踢娜突發奇想買了噴漆回到工地，索性把預想好的吧台尺寸，座位安排，插座配置，光源位置，音響喇叭的方位等等等，都直接用噴漆噴在地上，像是為了玩一個幻想的辦家家酒遊戲而認真地做著遊戲舞台。結束之後，我跟踢娜站在前面看著放樣好的地面，想著明天師傅們上工時看到我們的放樣會不會感到驚喜呢？還是覺得我們很天真哩？我們一邊重複確認尺寸，一邊就嘻嘻哈哈地開始演了起來。

踢娜拉開隱形的大門，我站在吧台內隱形的咖啡機後面說著：「哈囉妳好！請問小姐一位嗎？」笑著繞出吧台，穿越客座的隱形走道上前迎接她。她選了一個位置問：「請問這裡有插座可以用嗎？」我指著牆上剛噴上白漆的插座小方框說：「當然有呀！就在妳椅子後面的牆上喔！」空蕩蕩的工地裡迴盪著我們的笑聲，我在心裡只用了一秒鐘就可以看到完工後的模樣，以及我們在這個空間裡所有會出現的場景。

在那一個寒流來襲的冬日午後，我們玩著這個只要一開始就不打算結束的遊戲玩了好一陣子，工地前遮著的藍白帆布阻擋了外面的寒風，而我們在裡面很溫暖。

第一天

Tina ——

對我跟Emily來說，整場裝修下來，最有趣的地方可能是兩件事。第一是現場放樣，另外一件事，就是自己批土給師傅看。

現場放樣的用意是因為我們沒有施工圖，所以吧台尺寸大小，還有座位配置，都是現場放樣。有點像小時候玩辦家家酒，會拿粉筆在地面畫桌子、椅子，假裝那裡有家具，然後玩起假扮的遊戲。現場放樣就是類似道理，跟我們已經變成好朋友的監工小廖，當初就是用粉筆在地面畫我們暫定的吧台尺寸，再照著吧台尺寸，來設想座位配置。

還記得桌子之間距離至少要三十公分，相鄰的座位，椅背和椅背之間距離至少要九十公分，預留客人就座時，椅子坐得太出來，中間的走道空間會不見……大概只記得了這些。放樣那天，我們窩在工地裡兩三個小時，一直在討論細節，但也是那一刻，關於空間的輪廓，似乎又明顯了一點點。

至於第二件印象深刻的事，為什麼是批土給師傅看呢？是因為一般的壁面，上油漆前一定會先上兩到三道平整光滑的批土，壁面看起來才細緻。但那時候決定的壁面，是要凹凸不平的，於是批土不能太細膩平整，反而要粗糙大膽，油漆上色時，才能製造我們想要的粗獷質感。

有趣的是，當我們這樣說，師傅沒有人敢動手，怕扛不起責任，畢竟大多數人的壁面，都是平整光滑的。既然師傅們不敢動手，於是我們就親自批土給他們看，只是，我們自以為批得很狂野粗獷，其實真的只是做做樣子。因為即使我們已經用了吃奶力氣去亂批土，但批土本身粘性強，需要很大的力氣才能營造凹凸感，我們根本沒有製造出立體感。不過師傅們一看我們這樣用，就了解了，由他們接手補強，才有了現在的壁面。

我們親手批土的牆面，就是現在沙發旁的紅牆。其實只有一小片，但那面牆正好是站在吧台裡會正對著的一面紅牆。每次站在吧台裡，看著那面牆，感觸良多。很多人都說那面牆很漂亮，但紅色壁面的背後，有那麼一小角是工地的回憶，這種感覺很難形容，像是種下一顆種子長成了一朵玫瑰花，玫瑰花很美，但對照顧的人來說，卻是看著花朵從原本其貌不揚的種子，漸漸蛻變成現在的模樣，參雜了歲月的記憶，讓這面牆，在我腦海中一直不僅僅只是一面牆。

當然，如今想起來，當初在裝修時，有太多隨性以及沒有思慮周全的地方。老實說，也是因為我們從來沒有想到生意量會像現在這樣，事後徒增許多煩惱。比如廚房太小，吧台收納空間不足，整體動線安排不夠流暢。如果不是因為同事們彼此感情不錯，忙碌起來依舊默契十足，依照這樣的動線，其實工作起來會覺得卡卡的、不順暢。

但凡事都有利有弊，缺點有時候也會成為美好的優點。我常常在想，雖然一忙起來，會覺得吧台內的配置實在不合乎常理，明明吧台不小，所有的人卻都擠在靠咖啡機的角落忙東忙西。但也因為這樣，大家可以一邊工作一邊聊天，講些垃圾話，還能互相接應，其實是很溫馨的。

Emily ——

在整個施工裝潢的過程中，總有無窮無盡的問題發生，而我們也老是在見招拆招、解決問題，一路風風雨雨起起伏伏，雖然覺得整個過程麻煩到不可思議，但也總算來到了完工的最後幾天。

剛做好的空間空蕩蕩的，充斥著新裝潢的氣味與四處彈射的回音。此刻的它，空有骨架但三魂七魄卻還沒具全。整間店裡除了必要的機器家具、各自收藏的少量裝飾物品，以及櫃子上滿滿的書籍之外，其實沒有多少妝點用的擺飾物來填滿整個視覺。雖然好像有點空，但我跟踢娜覺得這裡遲早會累積很多的故事，因此也會有來自各方有紀念價值的物品出現，所以不想特別為了擺飾而擺飾，占用了未來故事可以呈現的版面。

我們開始為了其他瑣事在忙碌著，一些貨料的選擇及準備，服務及出餐流程的假想與制定。然而實際上用想的總是比較簡單，因為許多細節還是得要看客人的反應，我們才有辦法去做調整。雖然永遠沒有準備好的一天，但是之前工期已經拖很長的我們，好像也不得不開始試營運了。

因此，我們的第一天，就像還沒站穩的小嬰兒一樣，硬著頭皮開始了。難得在冬末的早上有淡淡的暖陽，我不知道是不是記憶自行在腦海裡後製美化，總之那天整個就是暖暖的金黃色。我打開了咖啡機，校正了今天咖啡的味道，吧台的甜點架上也已經準備好早晨才新鮮出爐的甜點，踢娜則在廚房洗著生菜，另外炒了幾樣飯食的配菜。整個環境的背景聲搭配上音響裡的輕爵士樂，好像什麼都對了。

我們有點緊張地把大門打開之後，竟躊躇著不知道要怎麼樣做才像是所謂「開始營業」的樣子呢？在開始的第一個小時，完全沒有人進來店內，所以我們開始驚慌想太多，猜測著客人會不會是因為我們落地窗玻璃反射太強，看不到店裡面沒有安全感而不敢進來呢？因此我們把玻璃大門開著。想說至少可以讓過路的人們看到裡面的擺設，聽見爵士樂，聞到咖啡香，就算不是現在，之後也會想安排時間來與我們共度一段午後咖啡時光。

在做了一堆現在想想實在是沒有什麼意義的小更動之後，過沒多久，第一位客人終於走了進來，印象中是一位面帶微笑而且斯文的叔叔。當時因為趕著在好日子開工，很多細節都還沒準備好，菜單也是暫時用手製的，有點像美術作業。在送上菜單的時候居然湧上了微微的心虛。這位斯文的叔叔接下菜單翻閱，並沒有露出任何類似「你們這樣也能開店?!」的神情，看完菜單後微笑著請我幫他選一支豆子做手沖咖啡。

因此，第一天，第一杯。這位開市客人在花木扶疏的戶外區就座，拿出一些文件看著，一邊在暖陽下飲用咖啡，整個場景非常自然和諧。

這間咖啡館就這樣開始了第一拍心跳，想到她已經開始創造回憶並且成長著，我跟踢娜就很戲劇化地在工作區裡內心澎湃、手舞足蹈。雖然之後我們必然會面臨更多的抉擇，更多需要接受的批評指教，但我們說好了要隨時提醒彼此保持自覺而不能盲目，因為我們兩個人的力量加起來總是大的，一切不會有問題的。

輯三

店開了

才發現經營

沒那麼簡單

蛋糕烘豆狂想

Tina

做蛋糕，一開始是情非得已。

原本的蛋糕，其實都是老媽供應的。蔡媽她本身對做蛋糕一直很有興趣和熱忱，早年背著蔡爸買下一間靠永康公園的店面，據說就是為了未來能做烘焙甜點店面而準備，她還很可愛地說原本設想是每天能做些蛋糕和餅乾，分送給大家吃就好，不收費。這麼大器的話，在我們家可能只有蔡媽說的出來。

為了準備開店，二〇〇九年的我，很認真地練習餐點，而蔡媽也很認真地練習甜點，某一天我突然發現她買了很多專做可麗露的銅模回來，一時很欣喜，因為本人我相當喜歡吃可麗露。第一次吃到可麗露是在公館的朱利安諾咖啡館，還清楚記得第一次吃到時的驚喜，從此只要沒事就會去朱利安諾待著，或進門詢問今天有可麗露嗎？（因為可麗露是不定時供應的。）可見我對可麗露有多專情。

那時候看到蔡媽買銅模，我很開心地問蔡媽怎麼會想做可麗露？蔡媽回答很酷：「因為形狀很可愛。」原來蔡媽根本就沒有吃過可麗露，只是因為形狀可愛所以想做啊！蔡媽就是這樣一個人，心裡裝著一顆少女心。

既然她這麼熱愛做甜點，為什麼後來她就只做可麗露和餅乾呢？而我又怎麼會情非得已地接手做蛋糕呢？其實是那時候爺爺病重，蔡爸蔡媽花了很多心力在照顧爺爺，因此蛋糕沒辦法持續供應，因為根本沒有多餘精力做呀！

「那怎麼辦呢？一間咖啡館總不能沒有蛋糕吧！」看著Emily相當焦慮地這樣說著，只好我上場啦！只是，對不愛吃甜點的我來說實在是有些艱辛。但生命中永遠充斥著情非得已和不得不做的事。好吧！既然要做，那就好好做。不求能夠跟專業甜點師傅一樣厲害，只求能做出像老奶奶的蛋糕一樣充滿人情味的蛋糕就好。

有些人問我，這樣做蛋糕不會做得心不甘情不願嗎？其實不會。如果捨棄喜好這樣的包袱式想法，單純以工作來論，就是把工作做好，然後找出工作的價值和樂趣就好。我認為這樣的思維其實是出社會工作後面臨各種狀態下，最佳的處理方式，畢竟過去即使在報社，也未必承攬的都是喜歡的專題呀！總是會有些專題讓人感到厭煩或一點興趣都沒有，總不能因為沒興趣，就不好好做吧！相反地，把沒興趣的專題，甚至是大家都覺得可以敷衍了事的、輕鬆無用腦的專題寫到很好，也是一種工作成就。把這種思維帶到做沒興趣的甜點，就不會覺得枯燥無味了。當然，偶爾很累很想哭的時候難免會牽拖，但真的只是大約五分鐘的牽拖時間，大多數時候我其實很享受站在烤箱前面看著蛋糕慢慢澎起來的快感。

當然，開始練習做蛋糕時，經歷了很多挫敗，但這也是必然的。萬丈高樓平地起，總是得先付出一些慘痛代價，比如蛋糕忘記放糖，蛋白打發不成功，烤模都進烤箱了才發現奶油根本還沒加。想不到好不容易開始有些熟練到能不遺忘步驟時，出現的問題卻更多，比如蛋糕膨脹高度不均一，蛋糕體太硬像發糕，或沒掌握好烘焙時間，導致蛋糕沒烤熟之類的。

那陣子烤出來的蛋糕都得心驚膽顫地端出來賣，畢竟根本不知道客人對蛋糕的接受度如何？只能不斷嘗試。記得在那段日子，我只能不斷告訴自己一個目標「一次比一次進步就好」。抱持這樣的心念，想不到就這樣做蛋糕做了八年呀！

不過，我做蛋糕的心法就是學傻姑七招。金庸筆下的傻姑永遠只會七招，但已經足以鎮嚇李莫愁。以這邏輯來說，就算我永遠只有八種蛋糕替換，只要這幾種蛋糕做得一年比一年好，就萬般感恩，謝天謝地了。這邏輯我始終認為非常有道理，畢竟以專業面來說，過去跑家居線的經歷自然是我的專業，而不得不接手甜點製作後，等於重新累積經驗值。做蛋糕需要掌握基本做法，像全蛋打發、分蛋打發，就連起司蛋糕也有專門製作手法，一旦掌握基本技能，就能千變萬化，只是每一種變化都有自己的小訣竅，比如巧克力磅蛋糕的烘烤溫度必須稍微低一些，藉由低溫烘烤保留巧克力粉本身的油脂，吃起來才濕潤可口。而這些小技巧，有時候烘焙書籍不一定會標示注明，還是得靠實際操作後去觀察思考才知道的經驗。於是從本來只有三種款式，至如今增加到八種款式替換，未來慢慢當然會再增加款式，總有一天會成為傻姑十八招。進步速度雖然慢，但別的不敢說，我自認投注的心力是很有誠意的。

很多事情都是相輔相成，雖然我不愛吃甜點，做蛋糕一開始也是有些迫於無奈，但套句俗話「人生凡走過必留下痕跡」，萬事萬物的發生和經歷都是生命養分。這些年來，我是真的為了滿足客人期待而努力著，每當客人想吃的蛋糕款式剛好沒賣或是賣完了，露出的失望表情都讓我覺得萬分抱歉，從而希望讓客人盡量可以吃到喜歡的口味。何況，如果我做出來的蛋糕真的賣得很差，客人真的不賞臉，對好勝的我來說才丟臉吧！

大概就是保持著這種很矛盾的心態，為了不讓客人失望於是努力地做蛋糕。這樣的心念蓋過了本身不是那麼愛做蛋糕的自我，反而讓它變成一種很溫馨的事。忍不住套用我的偶像達賴喇嘛說的：「先放下自己，付出才能獲得真正的喜樂。」

Emily ———

咖啡館剛開張的那年，我才二十六歲，除了身肩著一家店的吧台以及營運的重責大任之外，也要一邊面對因剛開張而出現的嘗鮮客與踢館客們的挑戰與質疑，類似的問題都是類似：妳這麼年輕，咖啡的東西妳是懂多少？妳懂得煮嗎？妳懂得拉花嗎？妳吧台技巧夠厲害嗎？妳懂得如何經營一家店嗎？這麼多社會資歷比妳深的老人們都不一定經營得好，妳有辦法撐過一年嗎？面對這些問題，年輕氣盛的我總是忿忿不平，但理智上總是不停地告訴自己，最重要的是以店為主，急著做些什麼去證明自己則是不必要的，時間與實力自然會證明這一切。而後隨著店齡增長，生意量也漸漸上升穩定，與顧客彼此之間的信任感總算慢慢地被建立起來，而這些問題也自然而然地消失無蹤了。

接下來呢？每天規律的事情讓我開始慌張，我需要繼續前進，我需要探索更多的東西。因此，我鼓起勇氣，進入了烘豆師這個全新的領域。

烘豆師真的不像咖啡師一樣，可以這麼帥氣體面地站在溫度適宜的吧台內展現技巧。夏天時烘豆非常熱，浮妝冒油，汗流浹背，每次烘完之後接下來的一整天仍會持續口渴，不管怎麼喝水都難以解除那種發自細胞深處的乾渴感。然而身處在人口密集的城市中的烘豆師，為了不要妨礙到鄰居們，總要找到自己的生存之道，每次烘豆總要趁著上班時間鄰居不在家，快快開鍋，然後快快在下班時間之前結束這一切，以免香氣來不及散去，又要被抱怨烘豆時的氣味弄臭了他們白天不關窗晾在窗邊的美衣。正因如此，開鍋時總在盛夏時的午後，外頭白花花的太陽灑進宛如溫室一般的烘豆室內，體感溫度絕對突破四十度。然而每次開鍋烘豆，少說也要六小時以上寸步不離守著這台鍋爐溫度高於兩百度的噴火機器。

第一個小時，流下的汗滴進眼裡，妝都花了，貼身背心被汗水浸濕。我感覺身上所有的毛細孔都像魚嘴一樣在缺氧的環境裡吐著水沫，無聲地尖叫。

第二個小時，濕度持續下降，我開始流不出汗，前一個小時所流的汗水彷彿變成一層黏黏的薄膜阻斷體表散熱的機制。噴火機器在耳邊轟隆隆地嘶吼，其他感官一片混濁。我只能靠著視覺與嗅覺觀察豆子引導著我在這片煉獄之中繼續前進。

第三個小時，我的身體開始說服我這樣的溫度也是很合理的啊！我幻想我人在杜拜的夏天，那裡的溫度也是這樣，大家也都活得好好的。不能稍微離開出去納涼，我知道只要一出了這間高溫室，接下來要回來反而會更痛苦。看著倒數的鍋數，告訴自己快到終點了，牙關一咬就都過了！這種意志力上的重訓，在每次活著回來陽世的時候，總是有特別的快感。

除了烘豆過程中身體的脫水，以及需要長時間忍耐高溫的耐力之外，身為烘豆師還有許多其他粗重的工作，就算我是女生還是得要親力親為。像是搬一袋六十公斤起跳的麻布袋生豆、搬瓦斯桶，另外還要具備四十秒之內換好瓦斯罐的技能，以及長時間忍受高溫諸如此類等等。

開店這八年多來，馬丁鞋已是我最喜愛也最離不開的工作靴，雖然我沒機會穿的高跟鞋數量遠比平底鞋多；一頭細心養護的及腰長髮也都為了方便工作，用髮夾高高夾起，鮮少放下。粗糙的雙手，永遠維持的短指甲，參差深淺不一的割燙傷傷疤，以及因工作而強壯的雙臂與因久站而結實的雙腿。儘管我的形象和時下時髦少女該符合的規格相去甚遠，但卻讓我覺得自己堅強自信且強大。

雖然烘豆師總是躲在幕後默默地工作著，但在烘豆這塊需要更多咖啡知識以及更高技術層面的領域，烘豆師們就算沒有被聚光燈所關注，還是有很多挑戰需要面對。為了讓咖啡師使用的咖啡豆有穩定的風味，烘豆師的穩定度是非常重要的基本要求。生產風味穩定的豆子，需要因應每天都不相同的氣候條件以及濕度氣壓，來好好地操控自己的烘豆機。另外在食材的部分，咖啡生豆畢竟是農作物，品質上風味的漸漸衰退也是每天都會有的些微改變，不過這就是烘豆師要面臨的問題，烘豆師需要盡力將咖啡風味維持在人類味覺及嗅覺無法察覺其中差別的間距中。說穿了，每批豆子都要烘得一模一樣確實是不可能的事，也因此，如同走鋼索人般要控制好這一切的變因，也是烘豆師的微妙樂趣。

不過偶爾我依然還是會發揮雙魚座天馬行空的幻想技能，想著如果真的有平行時空，在當年那個只要閉眼亂走就會走向完全截然不同的人生十字路口上，選擇另一個時空的我，是不是在大學畢業之後，繼續往心理學之路邁進，穿著白袍在醫院裡當著臨床心理師，低頭寫著心理評鑑報告呢？相較現在穿著黑圍裙，拿著杯測湯匙，低頭填寫著咖啡評鑑分數表格的我，相信不管我穿著的是白袍或是黑圍裙，都會因為對咖啡或對心理學的熱情，而感到無比的快樂吧？

犧牲

Tina

這一篇我們想要寫關於開店的「犧牲」，但或許，應該先來談談什麼叫犧牲，以我的角度。

大學時，我念的是經濟系，跌跌撞撞念四年，什麼恩格爾曲線、個體經濟學、總體經濟學、迴歸統計學之類的必修，一畢業全部還給學校，而且不後悔，畢竟我真的很不喜歡讀那些。唯一記得最清楚，而且真實影響著我往後生命的，是大一經濟學的第一堂課，課本第一頁寫著「人生就是一場選擇」。緊接著教了一個名詞「機會成本」，定義是「在決策過程中面臨多項選擇，當中被放棄而價值最高的選擇，就是機會成本，又稱替代性成本」。我自己把這些自行解釋為生命中永遠都會存在著大大小小的機會成本，小從每天起床第一件事，到底要先洗臉還是先刷牙，早餐要吃鐵板麵加蛋還是蘿蔔

糕，大到要去A公司還是B公司，要當老闆還是當員工。

生命，就是一場選擇。所以，犧牲是必然的。

但即使明明知道這個道理，置身其中時往往還是到處撞牆，時時迷惘痛苦。對我來說，開店最大的犧牲是關於「負起責任」。以前是員工時，做好自己的事，剩下的時間都是我的。但當了老闆，只要有事，即使回到家還是得回來。曾經有一段時間我非常不適應，原本自由自在的日子為什麼不能延續？開一間店為什麼要犧牲掉我最重視的部分？加上因為得顧著店，外稿也無法想接就接，不能寫稿對我來說也很崩潰。所有狀況加起來，就是痛苦。我求救無門，跟任何人說，誰也束手無策。要嘛就是離開這間店，回到記者生涯，要嘛就是繼續待著。

剛開店頭三年，我的內心時常處在矛盾與痛苦之中。放棄又做不到，繼續又覺得滿腹委屈。這樣的我，到底該怎麼辦？那三年我一直在想關於自己的存在意義，到底開店對我有什麼意義？離開有什麼意義？我常常哭，常常生氣，常常發飆，對生活的不滿足黑暗了我的內心。

直到有一天，我發現所有情緒都是因為不滿足現況，而不是單純只在於選擇。如果捨不得放下，也不想捨棄想要的東西，那就要接受然後調整，取得平衡。剛好那時候朋友牽線，和三采文化合作出了一本書，於是我知道過去的累積一直都不曾被抹滅，後來因為出書，我成立私人粉絲團「簡單生活，不簡單」，從原本只有三四百人，到現在有兩三萬人，讓我了解存在意義是什麼不重要，重要的是我寫出來的東西有人願意看，而且對別人有幫助，就夠了。即使粉絲團的經營不會帶來金錢上的收入，但心靈上的收益無法衡量。加上後來店營運稍微穩定，偶爾我還是可以接外稿，滿足記者魂，我開始不再覺得委屈，因為只要把當下的生活過好，就不會去在意所謂存在意義。「不去問結果，去做就對了」，成了我的生活宗旨。

所以，什麼叫犧牲？以前，我的確會覺得自己犧牲很多，會假設自己如果還在傳播業界，也許我現在有更好的發展和薪水。但我真的在乎這些嗎？問問自己的內心，其實也沒有呀！只是對自己認同度不夠，以為脫離記者身分，一切都化為烏有，忘記凡走過必留下痕跡，因而衍生太多複雜情緒，層層疊起，蔓延許多其實我根本不在乎的問題，包裝在情緒之外，混淆了真實想法，導致搞錯方向，反向去尋找存在意義，遺落了生活中的每一個當下。

於是，如果五年前，問我的犧牲是什麼？我會說是自由和寫稿。如今再問我，現在大多數時候我已經不覺得這些是犧牲了，而是生命必要歷程。很偶爾，情緒再起波瀾時，我還是會化身悲劇女主角，覺得犧牲很多，但現在馴服情緒的功力愈來愈好，當內心的白髮魔女再度出現時，已經能盡量有意識地控制住。

人生本來就是一場漫長的修練之旅。被情緒影響時的黑暗和脫離情緒掌控時的光明，始終並存，而YABOO就是我的修練場。所以，開這間店，說犧牲太沉重，不如說是「必要之承受」。因為無論我置身在什麼情境下，都會有所犧牲，只有當犧牲化成必要之承受，就能了解生命其實就是這樣，一直都是。

Emily ——

生而為人而不是神，我們的靈魂鎖在一個漸漸凋零的軀殼裡。

在這一個有機體遲早會氧化與降解之前，我努力去體驗當下並希望能達到自我要求，試圖在物質之外留下一些精神層面的意義，與自身存在過的證明。

生命的沙漏不斷地在流瀉著，因此我總是很急著去思考，有什麼是我願意使用僅剩的寶貴時間去努力的？如果我能夠活八十年，前面二十年還懵懂未開化，最後二十年想要好好修養身性不再工作，就算再怎麼把握時間讓自己一天工作十二個小時，另外十二個小時睡覺與休息，我也只剩下中間四十年的一半，也就是一生當中最多只有二十年可以努力了！因此每個決定都要慎重地思考，每個步伐都是計畫的一部分，妥善地運用時間，才能抵達目的地。

但在我這個冷酷且不帶感情的時間邏輯之下，是否因為太心急而錯過了很多條不同的路？是否也錯失了好多原本有機會可以欣賞的風景？如果當時沒有做咖啡，或許我現在可能會是一個心理師，也或許是一個調酒吧台？或是當時在某個決策的時間點，我選擇了出國而不是留在台灣，現在的我是不是還抱著遊子的心流連在異國，從遠方愛著記憶裡的家鄉呢？每一個身分似乎都會用掉一生的精華時間與運氣去經營，在這些平行時空裡，其他的我到底正在做什麼呢？心裡有沒有悔恨呢？此刻的我活在這個時空，慶幸著自己正走在無悔的道路上。

不過有時候，路走得太用力，不小心走火入了魔，就不見得是好事了。藝術家放逐自我，只為了做出曠世巨作；文學家放任自己情緒奔騰，把更多的感受化為文字；音樂家感受到的澎拜悸動，則是化為旋律音符，而他們的作品因此驚為天人。或許在創作的過程中，他們一個個都曾經被定義成各種邊緣角色：生活脫序且沒有品質的遊民專門收集奇怪的材料做奇怪的東西、情緒氾濫整天寫東西的玻璃心怪咖、溝通障礙只會玩音樂製造噪音的自閉邊緣人。但是對我來說，能夠這樣深切地為自己所愛的事物，這麼用力，這麼目中無人地活著，超級浪漫的啊！

咖啡師亦或烘豆師，與其說它是一個職業名稱，不如說它是在風味上做創作的一個藝術家角色。在人類的五感當中，味、嗅覺上的創作好像很非主流，它的感受變化萬千卻無法用恰當的文字或色彩去形容，因此無法被傳播與分享。如此地獨一無二，同時卻也是吸引我的主要原因。不僅如此，世上沒有可以永遠被留存的風味，這種有時效性的存在，有種如果把握不到就會失去的遺憾感，更讓人想把握當下，無法放手，因此我入迷了。

我追求著心中藝術家們浪漫的定義，一開始我創作著，作品粗糙卻內心欣喜，不管在規範內有沒有人欣賞；我沉浸於達到下一個階段的成就感，就算只是孤芳自賞；我不斷地面對新的關卡與挑戰，時有成功時有失敗，依然不能阻止我向前走。漸漸地，開始有人看到我了。我滿懷感激因此更加注意我的出品，不知不覺間，我眼中只剩下我與豆子、烘豆機間的對話，忽略了身邊的所有人。

我忘了每個生命的相遇是多麼難得，我忘了一開始野心還沒膨脹前的可愛模樣。我忘了休息，忘了初衷。我忘了戰場之外，還有家。

如果可以重新再來一次，我會在風和日麗的時候，與身邊所愛的人一起分享陽光，而非老是想著今天的氣壓濕度是多少、可以烘出什麼樣的豆子，一心只想實行所謂烘豆師的浪漫；如果可以重新再來一次，我就不會這麼輕易地錯過愛犬正值壯年的青春，我可以帶著她上山下海，在陽光之下看著她大步奔跑，回頭用晶燦燦的雙眼看我有沒有跟上，而不是現下只能慢步守護著她垂垂老矣的緩慢步伐，老化而失明散焦的雙眼需要我的導盲。有幸的是我還能把握她有限的生命，陪著她慢慢變老，可我心裡還是遺憾著，再也不能見到她用充滿愛的熱切眼神凝視我，滿心歡喜地衝著我笑的模樣。

到頭來我得到了許多，也錯過了好多。在眾多錯誤中，我終究學習到了協調與平衡，凡事不是用力做就都會有好結果。文字一邊躍上螢幕，我竟然也是到現下才跟著文字思考，想起過去引發躁鬱的那些黑暗日子，最難度過的關卡都不在於是否能夠得到周遭人們的認同，而是當時自以為撐得住一切，為了達到我想要的目標，有限的時間中只能選擇犧牲人生部分的故事支線，也扼殺了沒有機會發展的人生劇本，到最後的難題是在選擇上要如何避免遺憾，不管做出哪個選擇對另一個都是犧牲，但我依然做出了我的決定。

在友人的店裡晃著酒杯，十幾年的閨密，只問了我一句：「為了工作沒了生活，值得嗎？」

「這對我來說不只是工作，人生只能活一次，妳知道我覺得值得。」

但這份強烈的心意在面臨人心脆弱的時候，反而讓我成魔，一切努力的成果反噬，

變成了沉重的懲罰，重得我幾乎扛不起，重得我再向前走的時候忍不住一直回頭看著以前的安全區，但我心裡清楚知道，在這條單行道上，能留下的也只有眼淚了。

在極度黑暗的時期，我一度覺得我不會烘豆了。我喪失了對一切感受的感知，喪失了我的超能力。所有的訂單對我來說變成了壓力，所有的認同與不認同之間沒有什麼差別，心裡覺得不能辜負作品的自我要求，以及我的時間與犧牲，因此焦慮不已，但憂傷又疲憊的我，當下卻只想要消失在這個世界上。

就這樣過了三百六十天，這期間我白天躁動工作，不停地和內心無力的我對抗著；夜間雖然憂鬱輾轉不成眠，卻一邊與內心對話，訓練自己做出選擇後，不要再去回想那些早已被放棄的可能性，也不要再去想平行時空的另一個自己，是不是能夠彌補這個時空的遺憾。最後我用十二個小時在右臂留下一片美麗的刺青，當成一個思考上的里程碑，往事已矣不再追憶，從今之後我也不是過去的我了，我還有未完成的挑戰啊！

在當下走著這段天堂路時，路途中所有曾經出現過的人事物，無論是陪著我走過的，或是走不過的，都在心裡扎了根，滋養著我的靈魂，現在想起來都是充滿感激的。而這段日子帶給我的，讓原本看似冷酷的我，學習到如何去體會正在面臨脆弱的人們，適時地給予關懷與空間。而這段黑暗既然沒有把我給殺死，那麼就會讓我更強壯。

說到底，這些到底算是犧牲嗎？現在我已經不是很確定了。

曝光

Tina

開店，一開始是件不能告訴老爸的祕密，因為起初他是相當反對的。但紙終究包不住火，尤其在老媽耗盡私房錢，開始挪用老爸的資金後。聽老媽事後回想，她當時可是每天過著提心吊膽的生活，那種緊張我們無法了解。老爸只要一接近擺放銀行存摺的櫃子時，她都揪著心，尤其老爸打開櫃子拿東西，她就簡直快要不能呼吸。

那段時間，她天天吵著要告訴老爸真相，但我們都覺得能拖一天是一天，心裡也是擔心老爸要是知道真相，不知道會不會暴跳如雷。突然有一天，老媽打電話來說她要約老爸外出散步，然後就要帶來店裡。一說完不給我們反駁機會，馬上掛掉電話，以示決心，非常老媽作風。

忘了當初到底是我還是Emily接到電話，總之，那通電話後，我們處在心驚膽顫中，非常惶恐不安，只是不斷複誦「不知道老爸什麼時候會來」。但該來的，遲早會來，老爸和老媽，突然就走了進來。店內跟我們友好的朋友和客人，非常可愛地跟著我們一起緊張，看到老爸老媽進來，還統統起身打招呼。

意外地，老爸沒有任何不悅，甚至開口的第一句話就讓我們鼻酸：「有沒有吃飽？」想不到老爸居然知道在剛開店的壓力下，其實我們食欲都不好，體重紛紛下滑不少。相較之下，害怕被老爸責怪，心理壓力大的老媽每次打電話來，開口就是：「現在店裡幾個人？」我只能說，老爸老媽都太可愛了。

老媽事後描述，她先找老爸散步，大約半小時後，她就引導老爸走到門口，問說：「要不要進去喝杯咖啡？」節省的老爸回答：「喝什麼咖啡，浪費錢。」老媽笑笑地跟老爸說：「如果每個人都這樣想，兩個女兒開的咖啡館就賺不到錢了。」不得不佩服聰慧的老媽，精心安排了這麼一場揭開真相的劇碼。

隨著老媽走進店裡的老爸，從入門就一直笑著，看著，張望著。走到吧台裡看看，走到廚房裡看看，走到每個座位邊坐一坐，然後摸一摸。其實我一直不知道老爸當時的想法到底是什麼？因為老爸對我們的愛一向內斂，總是說的不多，做的很多。但看著老爸並未苛責，反而滿臉笑容，終究是放下擔心了。

不知道老爸是不是本身也很緊張，居然打翻了朋友的咖啡，我們趕緊擦拭清理，老爸則是很自在地繼續到處張望。後來，老爸終於在沙發區和老媽一起坐下了，開始詢問我們什麼時候開的店？資金哪裡來？營運狀況如何？

本來很拮据的我們，已經沒錢添購，因此才有了更多資金進駐。店內地磚於是重鋪，一坪一萬多元的磁磚，老爸眼睛沒有眨一下，只說地板是門面，一定要漂亮。包括店內現在很受歡迎的兩張大木桌，書架後方的棋盤桌椅，還有當初為了省錢選用的非變頻冷氣，也更換成大金空調，這一切，都是老爸堅持要替我們添購。

事後他總說，開店就是要一次到位，因為他知道的晚，只好二次施工。對於營業時間，也是在老爸堅持下，改成兩段班制，他說硬體設備都在，營業時間長收入才會高。現在沒客人沒關係，可以慢慢培養，要有耐心。

有時候和Emily討論這段往事，都好佩服老爸不愧是商人，腦筋動得快，也很清楚怎麼樣可以收益更好。除此之外，老爸都很支持我們的決定，信任我們的判斷，沒有再過多介入，才能擁有現在的樣貌。

謝謝老爸，從頭到尾沒有責備我們隱瞞他開店，還全力支持。我跟Emily都好愛你和老媽，永遠地愛著你們。

Emily——

在開始營業剛滿一個月後的某一天晚上，老爹終於知道我跟踢娜一起開咖啡館的事情了。

一直以來，爸爸對於我在餐飲服務業工作都覺得很不以為然，在他的觀念裡，他認為我念的是醫學院的臨床心理系，自然應該要在醫院裡做本科系的工作，既穩定又專業。因此在我學生時期的餐飲業打工過程中，我就一直不停接收到「現在工作只是打工而已，好玩賺點零用錢及社會經驗是沒問題的，但畢業以後就要好好找個醫院的穩定工作好好上班」的訊息。

但是畢了業在嘗試一年的心理相關工作之後，我實在不覺得自己適合醫院的工作環境，也不認為這種雖然穩定，但卻沒有發展與前瞻性的固定薪水制度是我想要的。父母期望子女生活安穩，不希望他們經歷過的辛苦也讓我們經歷一次，在這個保護子女的心態之下，希望孩子們有個安穩道路可以順順地過下去，這想法我也是能夠理解的。但我們就像爸爸一樣的反骨倔強，對於未來躍躍欲試，充滿戰力，這無疑也是個無法避免的家族遺傳。

總而言之，在我們想要開店的想法浮上腦海並開始計畫，也刻意安排在某次家庭聚會的談話中提出開店企劃案試圖討論，卻被爸爸用一計直拳否決後，一切就漸漸轉成了檯面下的密謀策劃行動。

但是在我邊工作邊學習並且規劃幻想中的店面的同時，我也持續在跟媽媽傳達我們的想法，想讓長輩覺得我們真的不是抱著開店來玩玩的心態而已，在專業層面的準備，我也是很紮實地在進行著。於是，就這樣籌備了一年之後，在某一次爸爸去國外出差的期間，很巧地我們看到了命中注定的店面，這一切就這樣開始了。

由於在裝潢期間常常行蹤成謎的兩姊妹，在面對爸爸的關心詢問時都靠僥倖蒙混過關，但開店之後我們都需要更長的時間去照顧店裡，也就更難解釋自己為什麼老是不在家了。然而與我們共謀的媽媽，每天都要面對爸爸的詢問著實也是有很多壓力，因此想說反正店都開了，無法回頭了，就在那一天，在沒有知會我們的前提之下，就約了爸爸吃完晚餐之後出門散散步。這當然不是一般的散步，走著走著，竟然就直接走進了店裡，瞬間傻眼的我與踢娜連心跳都還來不及變快，就一家人在店裡大眼瞪小眼，只有媽媽在旁邊可愛地一直笑。

當晚腦袋太超載，很多細節都記不清了，但幸好結果是好的。只記得爸爸表情複雜地四處環顧店裡，東敲西敲，看著在沒有他的保護之下我們做出來的成果。之後只問了我們一句：「妳們有沒有好好吃飯？」

當晚聊得很多，不只爸爸終於對我們的未來放心，還得到了全力的支持。有時候溝通真的是很重要的，說不定一開始如果有良好的意見交流，我們就有更多的支援可以把這件事做得更好更周全。可是也說不定就是當時這個直接手起刀落的衝動，一氣呵成把事情做到這樣，也才能夠讓他了解我們的決心而更相信我們。

不管怎樣，結果總是好的，接下來的計畫可以再更順利地進行下去了。我與姊姊互望著，一方面覺得鬆了一口氣，另一方面又湧起更多力量足以面對更艱難的挑戰。就做吧！我們都還年輕，而人生真的非常有趣。

熟客的力量

Tina

開店八年多，感恩一路上一直有許多熟客陪伴著我們，這些陪伴，點點滴滴纏繞成了一個捕夢網，捕捉著當時我們的熱忱和理想，也是這些記憶中的捕夢網，支撐著我們一年又一年走下去。一年疊著一年，夢網愈來愈大。

雖然剛開店頭兩年，每個月都為了營業額虧損而煩惱，卻也是擁有最多時間和客人聊天閒混的時候。那時候生意真爛，時常一個下午只有一兩桌客人，出三四杯咖啡，聽起來很慘，事實上也真的很慘！但那時候每天的那一兩桌都是同樣的客人時，如今想來卻是好溫馨的回憶。

當時幾乎每天來的兩位客人，一個綽號教授，一個是Bobo。他們一個在準備申請國外博士班，一個在準備國內碩士論文，於是會來咖啡館待上一整天寫論文，生意清淡因此氣氛寧靜的我們，正好是最佳選擇，而對我們兩姊妹來說，面對莫大經營壓力時，每天能看到熟悉面孔，成了內心一股安定力量。有時候生命中的陰影，會變成難以抹滅的疤痕。當時經營得膽戰心驚，影響到現在看到熟客才會感到安心的一種心理習慣。

當年我們早上十點就營業了，我跟Emily會在一切準備妥善開店後，各自坐在吧台，打開電腦，上臉書，逛網拍，甚至會因為太無聊導致心情焦躁而開始吵架，無論吵得如何不可開交，一有客人上門馬上笑容滿面。尤其看到教授和Bobo進門時，瞬間喜悅無限，有一種小朋友害怕被拋棄，看到熟悉面孔就頓時感到無比安心的幼稚感受。我們會聊天，會一起吃飯，會分享生活一切大小喜樂憤恨。偶爾突然忙碌起來，他們甚至會幫忙收杯。

開店前，我沒什麼餐飲經驗，只有大學曾經在漢堡店打工過一段時間，很短暫，純粹想賺點零用錢外加好玩罷了！但大學時，曾經有學妹為了賺生活費，一周在餐廳打工三四天，當時她說過：「雖然很勞動，但跟人互動滿有意思的。」當時我不懂，只是對這句話有隱約模糊印象，出社會後，做的是記者，雖然也是跟人互動，但彼此是站在互惠立場上。

餐飲不一樣，做的是服務。在維基百科上，服務業是所謂的第三級產業，指不生產物質產品，透過行為或形式提供生產力並獲得報酬。這也是我在開店後才深刻體悟的一件事，人與人之間的互動變得比較複雜，除了面對面接觸，還涵蓋了飲品和餐點的品質，周邊環境舒適度。如何建立客人認同感，進而願意常來，是咖啡館存在的核心價值，也是房子能一層一層往上蓋的根基。教會我這件事的，就是教授和Bobo，他們就是我們的根基。

我發現熟客可以帶給一間店在經營上的安心感，也可以讓人與人之間的互動，不會像曇花一現般那麼短暫。雖說是透過服務而賺取報酬，但如果熟客比例愈高，在服務上反而能更貼心更完整，而不像一種死要賺錢的感覺。客人如果來這裡，除了享受空間，喝到一杯好喝的咖啡，吃一塊好吃的蛋糕之外，還能賦予更大的價值感受，比如安心感、慵懶感、溫馨感，甚至心情不好時，來這還能聊聊天，抒發一下情緒，客人與我們之間的關係能夠像朋友般輕鬆但又不會窒息的緊密，不是很好嗎？

開店雖然必然要賺錢，不然活不下去，但也不能只想著賺錢。人活在世界上，是需要付出社會貢獻的。當記者時，尋找好題材做成報導，分享給更多人，是一種社會貢獻。開咖啡館，讓這空間變成人與人情感串流的基地，在賺錢之餘，分享了我們所能給予的，也是一種社會貢獻。我的心念不大，只希望周邊的人，無論相識與否，都能好好的。

同時很幸運地，隨著生意愈來愈好，我們累積的熟客量漸漸像小草發芽般，蓬勃朝氣。緣分深一些的，我們會一起聊心事甚至相約吃飯；緣分淺一些的，碰到面互相微笑打招呼，然後各自忙碌；再更淺些的，雖然常來，但專注在自己或與朋友的世界中，不需要寒暄硬要做朋友，我也覺得非常好。

開咖啡館讓我理解到，人與人之間相處，自然就好。時間一長，緣分會自動演變到它該有的樣貌。從原本的疏離，進化到熟悉彼此生活狀態，當然，也可能永遠都是那樣淡薄。都很好，願意常來都好，我都珍惜，都感謝。

前陣子在臉書上玩了一個遊戲，希望大家留言對我的第一印象，比如為何相識？那篇貼文大概有七八十則留言，大半都是以前媒體同事，但另一半居然都是因為咖啡館而相識。我才驚覺到一開八年多的這家咖啡館，早已和我的人生緊密纏繞。每次待在店裡，看到熟客就過去聊聊天或招呼，一切看似那麼自然，但其實都相識好多年了。腦海中開始浮現了EJ、曼寧老師、Miranda、錦雲、小丹、夏安、念萱姐、悔之大哥、駱哥、章老師、阮太太、Swing、水德伯伯……太多太多因此而相識的朋友面孔。還有早期一開始是客人後來變同事的馬臉、大叔，以及朋友介紹後，有一兩年時間幾乎每天都一起窩在庭院的阿甫、阿財、巫婆、浩任、大比比、張鈞，有的甚至連跟了三年我們的員工旅遊，一起出去玩樂。

咖啡館這樣一個人與人交流的空間，因為這些互動的情誼，讓這份第三產業沒有那麼冰冷，多了溫暖和安心。彼此的一聲「嗨」，是咖啡館最美好的背景音樂。

Emily ——

開咖啡館真的是比較特別的餐飲型態，雖然供應的是很常見的咖啡飲品及輕食，可是比起一般餐廳與客人之間的生活連結與交流，強度上又有非常大的不同。每次在吧台裡忙碌著，想著這些座位上會來咖啡館的人，好像以前的我，大多都是想在喧囂人群中尋找自己的一片小天地，看似想脫離人群也能脫離一些與人相處的壓力，不用跟著一起說說笑笑，可以不用互動說話做自己，但人畢竟還是群居的動物，對於群體的依戀是永遠脫離不了的牽掛。只要在人群中感受一樣的溫度、香氣、音樂，或是隨機發生的事件，雖然大家各自有不同的感受，可是就會有莫名的安全感。

對於一個場合的情感需要時間的累積，情感累積愈多，愈離不開，也因此在我們的咖啡館中，沒有限用餐時間。雖然我們無法只靠情感而活，還是需要翻桌率，還是需要營業額，可是只有這一塊我們永遠無法設下限制。也因為如此，有些長時間待在這裡的客人，來的時間長了，我們自然知道他喝咖啡的習慣，想事情時的小動作，還有會出沒的時間，有時候彼此間的默契就在另外幫他送上他習慣要加的熱牛奶時，互相交換的一個微笑。不過這些依然保有安全距離類型的都還算是常態，有一些比較特殊的熟客，是真的熟到不行的那種！

相處時間久了，總有搭上話的機會，我們就有熟到被以為是店員的極熟客群，幾乎每天都來，如果難得有一兩天沒出現大家都會問他們去哪裡了。不管是尾牙、聚餐、店裡出遊，他們幾乎都會參與幫忙。像是有一次，發生了很有感的地震，然後就聽到公寓樓梯間傳來一陣嘩啦啦的水聲。我心懷狐疑地去地下室查看，媽呀樓下淹水啦！公寓樓梯間的蓄水槽不知道為何大漏水！由於當時已經晚上八九點了，我在急著找水電師傅來處理的同時，他們一邊幫忙把存放在地下室的生豆拖離開始慢慢積水的區域，一邊很努力地拖乾一直淹起的水。後來水電師傅總算來了，解決了不停洩水的大問題之後，再齊心協力地一起把經歷淹水的地下室恢復原狀。還有一次為了看球賽，大家辛辛苦苦地牽電線，架投影機，搞了一兩個小時，只是為了一起看一場幾十分鐘的球賽。就在球賽要開始的前一刻，總算架好機器，倒好汽水。球賽開始，大家用汽水乾杯的那一瞬間，心中就這樣輕易地得到了滿足。

其實我對於這一切是怎麼開始的已經不是很有記憶，因為情感的發展與交織過程實在太順其自然了，從剛開始認識時只是客人與店員之間的客氣交談，到後來一起分享生活中遇到的點點滴滴，甚至最後會彼此傾訴心情上的起落。不知不覺間在時光的流逝中，我們一起切了好多蛋糕，一起買了很多次便當，講了很多垃圾話，做了很多白痴事，雖然我們各自在這個需要打拚生存的社會中努力著，但當我們聚在一起時，又彷彿活得像是一群無憂無慮的大學生，心裡許多包袱在來回幾句抱怨裡，重量似乎就能輕了一些。在平淡的生活中，一起經歷各種事件而建立起的這份革命情感，在我們心中彌足珍貴。

其實我們姊妹倆總是在這裡的，守著一間咖啡館，打理成最舒適的樣子，等著大家累了就回來休息，休息夠了再繼續不斷地向前進，而我們總是在原地留守。有時候看著每個不同時期的人來人去，多多少少還是有點惆悵。我跟踢娜有時候會討論，這間咖啡館或許對大家來說很重要，可是畢竟只是他們生活裡的一部分，跟我們兩姊妹相較之下，這裡卻是我們的全部，我這份惆悵的心情又該怎麼辦呢？可是踢娜跟我說，一個場域總是需要管理者不停地去代謝它不好的部分才能再進步，努力繼續活下去並維持著最佳狀態，等著大家回來。因此我們的留守任務也是很重要的！踢娜總是如此地正面，她總會在我陰鬱面爆發的時候，幫我打燈，把它轉化成一股強烈的進步動力，所以我要去努力了！

朋友們！回來時如果沒遇到我，其實我都是為了你們在努力啊！掰。

告別赤字

Tina

從虧損走向打平，像爬喜馬拉雅山般艱難。

這樣說可能不一定恰當，畢竟我沒有爬過喜馬拉雅山。但，這只是一個形容嘛！想表達終於開始打平這件事，我覺得有多麼艱難和多麼感動。

我從來沒想過開一家店這麼難。過去都是當員工，把老闆交辦下來的事做好，然後做得比老闆想的還要好，日子就好過了。自己當老闆後，才知道管理者的壓力之大。尤其剛開一家店生意還沒起來時，根本驚慌度日，日日天人交戰到底目前經營模式對不對？要不要改成商業模式？或品項需要調整嗎？總之，在還沒有成功之前，滿心煎熬，那段日子頭髮掉得好嚴重，還好我本身頭髮很多。（笑）

所以開始打平的那一個月，像是做夢，也像折磨終於停止。

我想這種感觸，只有經營管理者才明白。以前我是員工時，我也以為我懂，懂經營者的為難，懂老闆的不容易。等自己真正經營一間店，才知道以前根本是假懂。所謂的「我以為我懂」，真的就只是一種「以為」。

雖然大家都說當老闆至少是為自己奮鬥，我聽了只能啞巴吞黃蓮。殊不知做了老闆後，根本是不得不硬起脖子，沒有退路，尤其在虧損連連時，像看不到前方道路一般茫然無比，只能硬著頭皮往前衝，時至今日看似走過了黑暗，其實黑暗還滯留在心中，甩不開了。

甩不開，是因為我在乎，同時提醒著不要忘記感恩。這聽起來可能矯情，年年嚷嚷感恩，別人都聽煩了，但殊不知是因為生意很差的光景歷歷在目，讓我不得不一直懷著感恩的心。尤其當初多少人覺得我們會失敗，那些耳語我都聽見了。我們也曾經動搖，曾經喪失信心。當初因為堅持空間必須在經年累月下累積人情溫暖，導致一開始的裝修看起來很簡陋。但過了一兩年，陸續收到朋友、客人的明信片張貼在壁面，或牆面開始擺放朋友、客人贈送的攝影作品和畫作後，空間逐漸變得豐富溫暖。

當初堅守著空間就是要靜待歲月的醞釀，不能為了裝飾而裝飾，現在看來當然成了空間很大的特色。但最一開始，我也忍不住懷疑自己這樣不顧別人而堅持的理念到底對不對？如今想來一身冷汗。

尤其堅持了一年多後，生意起色緩慢，撐著我們的，就只是相信「人與人之間的情誼無可取代」這種信念罷了。

所以，開始打平的那一個月，對別人來說，可能不值一提。但對我來說，卻是相當重要的一個月。不只是不用擔心虧損的錢該從哪裡來，更重要的是信念象徵著得到支持。即便有人覺得我們的裝修不時髦，即便有人因為我們沒有刻意擺出專業而懷疑品質（這不是很弔詭嗎？）這些批評和懷疑都隨著生意開始打平，並且突然一路不斷上升後帶來的忙碌和疲憊，讓我們淡忘。（但實際上沒有忘喔！我就是這麼記仇。）

等到咖啡館已經進入平日都能客滿，而且我們已經能從容應付的狀態後，我跟Emily才有時間好好坐下，回想生意突然變好的那段時間到底怎麼一回事，才發現連我們自己也不知道到底怎麼一回事，一切就這樣突然發生，黑暗時期終止，太陽出現了。

不知道原因，那麼就稱呼為「緣分」吧！

我的確是個相信緣分的人，相信世間的一切，都是一種互為因緣。很多時候做事情，不能先問結果，只問值不值得？該不該做？這像是汪洋中的燈塔，每當懷疑決斷時，擔心害怕一切會失敗時，這座燈塔就會告訴我們：「不要怕，做就對了。」我相信是這股力量支撐著，當然，還有我們偉大的蔡爸、蔡媽，畢竟虧損時的漏洞都是親愛的爸媽無怨無悔補上，才能由得我們這般任性的去經營一間理想咖啡館。如果沒有親愛雙親，或許YABOO就不會是現在的YABOO。她必然需要再商業化一些，更世俗些，給客人的餐飲品質以及給同事們的薪水或許都必須調整。

咦！寫一寫怎麼好像變成感謝狀?!

不過，接下來要說一件滿扯的事。其實開始打平的那一個月，大概是開店隔一年的七月，月半的時候蔡媽突然說當月不再支付虧損。失去臂膀的當天，兩姊妹驚慌失措，拿出計算機計算當月截至為止的營收，以及剩下天數還需要賺多少錢才能打平的金額。雖心生焦慮但仍抱著破釜成舟的強大意念後，居然非常離奇地達成了目標。

我相信是信念，當然也可能剛好是機緣到了，或許都有關聯。不過在心中種下的陰影就是每到月底都膽戰心驚，深怕又看到赤字，這種心理狀態實在很折磨人呀！

Emily ——

開店最刺激的，莫過於是月底的時候看損益表了！

剛開店的時候，由於我們店小，當時我跟踢娜年紀又輕，著實很難有震撼登場的氣勢，所以只能一個一個慢慢累積與客人之間的感情，每天的收入雖然實在但卻不多。由於我們兩姊妹一開始被家母，同時也是唯一大股東的蔡媽定義為員工，領著固定的基本薪水。一方面是蔡媽可以不用擔心我們賺不到所需的生活費，但另一方面我推測應該是如果未來店裡很賺錢，至少股東有紅利可拿，而不用怕被我們兩姊妹分掉，也方便作帳，因此就有了這一筆固定的人事成本了。

有時候店裡的進帳是夠支付房租貨款與薪水的，而有時候也難免會生意不好，因此還是需要大老闆出馬金錢援助，金額小的話大約只是幾千塊，多的話大概也不超過五萬塊。雖然比起大筆的虧損，像我們這樣偶爾微赤字的狀況，其實已經算是很有轉虧為盈的潛力股了，我跟踢娜也一直很努力想讓營業額上升而時不時出些怪招賺些活動餐飲費。

縱然如此，咖啡廳的淡季到來之時，渺小的我們開店未滿一年，還是躲不掉連續兩三個月的赤字，因此家母蔡媽忍不住爆炸：「我跟妳們說！一開始是我出錢給妳們開店，實際上我才是這間店的老闆，有賺的話都是我的錢，可是妳們最近一直需要金援，我感覺根本不划算啦！接下來我不要管了！妳們之後要自己處理帳務的問題！不然我就要把店收掉！」

於是我們兩姊妹總算開始營收自理，血汗錢賺得更有感覺。第一個月不知道是不是意志力戰勝一切，竟然好運擺脫淡季魔咒而打平。但是之後偶有生意不太好時，進帳雖足夠支付貨款與房租，但因為是自己顧店的關係，被我們放在最後才考慮的人事費用這一塊，我們可能各自只剩下幾千塊當零用錢。

回想起來當時實在辛苦又心酸，當然人性獨有脆弱的那一面，偶爾會幻想如果我們還在原本各自的職場上闖蕩的話，投資同等質量的體力與時間，一定會讓我們賺十倍以上的錢。反觀現下的狀況，再怎麼努力都好像一拳打在棉花上一樣令人沮喪，可再怎麼說，當下我們的付出可是為了自己的孩子呀！我們兩個牙一咬，抱著打落牙齒和血吞的決心，在彼此互相勉勵之下竟然也是一步步地撐了下來。

漸漸地，客人愈來愈多，原本小小的宇宙愈來愈擴大，在我們的努力維繫下，店裡聚集的生命力開始旺盛了起來，收益當然也變更好。在我們拚命往前衝而無暇回頭看的時候，不知不覺已經告別赤字半年以上了。

在踏足餐飲的過程中，多少看過一些單純投資只會出錢無法出力的老闆，因為自己對業界的不了解，因此總是對店裡的生意狀況有太天真太樂觀的看法，像是：「這個月生意不好，可能因為我們這個月沒有做行銷、沒有推套餐優惠，沒關係再等一陣子看看好了。」把問題歸咎於行銷面，而忽略了專業面上真正需要被解決的問題時，就已經讓自己落入煮青蛙的溫水中了。殘酷的現實是，以經營的角度來說，效益的曲線其實並不會像股票，會在幾天之內有大起大落的曲線，所以如果老闆有那種「下個月要挽回頹勢業績暴衝好幾倍」的幻想的話，基本上把它當成一個神蹟看待就可以了。

實際上，經營的曲線我覺得像航空母艦的操作，起跟落都會在一個緩緩的斜率中呈現，起的時候都是好事，但是在下滑時如果靈敏度不夠沒辦法感應到，真的等到發現的時候總是難挽頹勢。因此我們兩姊妹總是維持著警戒心不敢放鬆，不過也幸好我們是走一個雙打的模式，還可以輪流擺爛休息，不然就真的太累人了！

開店的生活相對一般上班族看似比較自由，殊不知綁死我們的已經不是體制而是難以逃避的內在聲音。在這看似風光的過程中難免會有一些犧牲，像是由於無法長時間棄店不顧，除非不得已需要出差之外，幾乎不會主動去安排假期出國旅遊。我們雖然不再有所謂的固定上班時間，相對地也沒有所謂的下班，當天就算離開了店裡，總是擔心會不會有什麼狀況，直到深夜打烊了才能夠真正放鬆。因為大家的休假日永遠都是我們最忙碌的工作日，朋友們間的假日聚會也幾乎無法出席。以前為別人工作時只要顧好自己，現在為自己工作了，反而要妥善管理一群員工的專業訓練是否都有跟上進度，與關心大家上班的心情是否都開心愉快。

說到底，金錢上是打平了沒錯。

至於我們兩姊妹所花的心力與時間，這部分無形的成本在我們心中有沒有打平呢？

這就是我們還在思考的問題了。

鴉
埠

一同去郊遊，以及怎麼可能不吵架!?

軍團出遊

Tina

講到這一篇，嘴角都揚起笑容了。

五年前的十月分，我們莫名其妙地開啟了班遊習俗。起因是因為生意終於翻天，不再虧損，歡天喜地。憑藉捷運東門站開通後的威力，以及全體卯起來把握當時難能可貴的瘋狂人潮，才能讓店裡的營運突飛猛進。想起那時候的全力衝刺，同事們的戰鬥力瞬間從七十%衝升到火力全開，真是慘不忍睹的一段歲月。然後突然有一天，我們都累了，真的好累，一種忙亂之後突然平靜的身心俱疲，我們站在吧台閒聊，決定要來一場兩天一夜班遊，說走就走，管他停業兩天到底損失多少錢，人生有時候就是需要一些不問邏輯的非理性決定，才覺得自己還活著。所以我們以一種手搖飲料店般神速出飲料的節奏，決定好日期，訂好民宿，上路。

印象很深刻。那天陽光普照，我們約早上十點在店裡集合，慵懶果然是我們的共通特質，三三兩兩到來，先到的人開好了咖啡機，陸續到來的人各自幫自己做了杯咖啡，每個人表情一臉滿足，各自很乖地把杯子洗好，等到最後一個人到來，也喝了杯咖啡，一副悠閒狀洗好咖啡機。這時候清咖啡機的心情肯定跟每天晚上拚著老命加速打掃腳步好早點回家的心情截然不同！

快到中午十二點，總算要出發了。二十幾個人，五台車，浩浩蕩蕩地像大學生出遊般青春活力。我還記得那天的畫面，大家表情雀躍期待，拿起行李，各自到分配好的車子邊，遙聲吆喝著「走囉！」這個畫面讓我想起了遙遠的大學時代，那時候我們也是這樣的，上課上到一半，突然就一時興起出遊，七八台機車，十多個人，可能去夜市，有時候去貓空。不顧一切順著心意走，即便是蹺課這樣不合規矩的行為，這樣的輕狂，都能帶來一種暫時脫逃現實的瀟灑感。

離開學生時代十年，沒想到每年一次的班遊，能夠再給我這樣的青春感受。（可能跟同事們都才二十多歲有關，的確青春呀！）二十幾個人裡有一半是熟客或朋友，聽到我們要出遊也參了一腳，還帶上吉他和烏克麗麗，有些人一路彈奏著音樂，在陽光陪伴下，我們到了宜蘭。

陽光、沙灘、衝浪、吉他……我們在宜蘭享受了一個美好下午，一起玩樂，一起聊天，沒有洗不完的杯子，沒有讓人理智斷線的奧客，有的是笑聲，籠罩著我們。晚上到了民宿，因為整棟都是我們的，還有個超大的庭院，大家好興奮，跑上跑下地看每個房間，然後晚上我們在庭院烤肉、喝啤酒、講鬼故事，還有現場吉他演奏，從下午一路笑到晚上，臉都痠了，卻覺得真美好。可能大家喝了一些酒，加上第一次班遊有點太興奮以至於情緒翻攪，再稍晚一些，大家突然就哭成一片了，有的則是在臥室難過到醉酒，吐得唏哩嘩啦的。那一天實在是悲喜交加，情緒波動好大。

隔天大家沉靜了許多，可能是因為前一天太累，也可能剛好天氣不佳，下起了細雨，於是我們去宜蘭傳統藝術中心晃晃。先看了一場歌仔戲，然後到藝品街閒逛，我還買了一枝毛筆，迄今未用。突然大家佇足在陶笛區，幾乎都買了一支，零零散散地吹奏著，那一天我才知道剛來的同事星星好厲害，又會彈吉他、彈鋼琴，還會吹陶笛，而且隨口說一首歌名，他都會唱呢！前一天陽光普照，後一天氣溫微涼，大家心情都有些低迷，還好有同事隨行的陶笛和歌聲陪伴，靜默時有一種很平靜的安心感。

首次班遊之後，每年到了七八月，大家都會開始討論班遊行程，不知道為什麼，我們想了很多地方，像是桃園、台中、沖繩、澳門，但年年都回到宜蘭，年年都去沙灘，晚上烤肉，一點變化都沒有。但或許我們求的就是這樣一個安定感，只要能暫時脫離常軌，就算做一樣的事，去一樣的地方，心都有了喘息的空間。

果然偶爾脫出常軌，才能再度充滿活力回到日常呀！

Emily ——

我總是喜歡把店裡的上班團隊叫做「軍團」。

相較於星巴克把同事叫做「夥伴」，或是很制式化的稱呼像是同仁或同事，我總覺得叫軍團不失戰力也著重紀律，雖然大家其實也沒在管我怎麼稱呼，但是不得不說軍團們除了上班時真的很有效率之外，連一年一度的出遊表現也都是超有紀律的唷！

不知道從什麼時候開始，每一年暑假過完，我們一定都要找兩天休假大家一起出去吃喝玩樂，通常都會找一個民宿可以安排晚上烤肉、白天去海邊玩的這種青春耍廢行程，畢竟大家經歷了忙碌的暑假，這段時間認真上班的戰友們，也該是時候好好放鬆一下。平常看著大家為了店裡的生意揮汗勞動，忙進忙出，對於願意一起在店裡打拚的軍團成員感到很感激也很驕傲。雖然店裡人事流動率很低，但在不久的未來也會各自分別往更好的方向去努力，每一次的出遊也算是把握機會和大家累積一些單純玩耍、歡樂相聚的回憶，以免日後被想起來的工作回憶都是疲憊與汗臭。

由於幾乎每次都會有超級熟客們跟著我們一起出遊，所以團隊看起來總是很壯大。就算沒有熟客跟團，光是軍團成員們也至少會有十五個人左右，每年都會為了交通問題煩惱。大部分的人都還是學生，會開車的人不多，就因為這樣，有一年實在湊不到會開車的車手，無法租車。我們全部都坐客運到當地，才租摩托車當交通工具，想起來也是很特別的經驗。

每一次出遊都會早上約在店裡集合吃早餐以免有人睡過頭，看著好多人睡眼惺忪地出現，呈現一個大家想要出去郊遊硬要早起的樣子，其實還滿好玩的。雖然集合時間對於一般上班族來說應該還算晚的，但是我們畢竟是中午才開始營業的咖啡館店員，生活模式可是要到中午開店的時候才會互道早安的。

踏浪，玩沙，打排球，用沙把踢娜埋起來，然後看著大海發呆曬太陽。陽光溫柔不灼人，風大而涼爽。在咖啡館打工的文青們，猛拍藍天白雲大海的照片一邊打卡發廢文，試圖用鏡頭捕捉當下所感受到的一切。到了晚上，大家烤著肉，熟客彈著自己帶來的烏克麗麗一起亂唱歌，這時候星光與炭火閃爍，炭火光圈外則是蛙鳴起落，每一秒的畫面都是一首詩。在通風的大自然中聞著烤肉的炭火味總會覺得好歡樂，這真的是一個很棒的連結，不管是小時候每一次的中秋節烤肉，還是大學時辦的迎新宿營晚會，都是洋溢著這樣的味道，就好像回到還沒有壓力與煩惱的年紀，就是認真地笑，認真地休息與放鬆。

不得不說一下，每次軍團出遊時的烤肉活動，總是戰力驚人完全不浪費食材，並且發揮平常迅速收桌的精神，快速地將現場收拾乾淨恢復原狀，因此每年不管住在哪間民宿，主人都會稱讚我們很有水準，其實大部分原因是我們大家都是做服務業的，已經享受了很棒的空間，其他能夠減輕主人負擔的部分，大家還是有同理心與榮譽感多做一些，以免造成別人的困擾。

現在在台北長大的小孩們，要有可以自己生火烤肉的機會似乎是愈來愈少了，河堤已經被禁止烤肉，除非自己家裡有頂樓或是院子的空間可以使用，不然真的要特地跑到可以烤肉的郊區營地才能生火烤肉了。小時候隨處看到大家蹲在巷口烤肉的景象，已經愈來愈難見。

通常隔天的行程都不外乎是跑跑當地有名的咖啡館，逛逛沒去過的觀光景點，買一些觀光客會買的東西，有時候是一支陶笛，有時候是幾張明信片，當然還有買過龍鬚糖或是古早味綠豆糕之類這種馬上會被消滅的小玩意兒。仔細想想，倒也不是說玩樂的行程有多瘋狂、多好玩、多舒壓，我們圖的也就是在除了工作場合的地方之外，能夠全部聚在一起創造好玩的回憶，畢竟每次上班都是兩兩搭班，要全員到齊還真的是頗不容易的事情哩！

這兩天沒有開店營業，在遠離台北城的地方玩耍著。不禁想到常來店裡的客人們會不會在不知情的情況下來到店裡，卻只能站在大門深鎖的店門口，看著沒有我們在裡面辛勤工作的地方，而暗自想念著我們所創造的氛圍與香氣呢？究竟依戀一個地方，是因為那個地點的裝潢外觀吸引人，還是因為在裡面的人們所營造出的氛圍呢？

在遠離大本營的遠方，我思索著它存在的意義，卻想不出任何一個適當的答案。

鴉埠咖啡 | YABOO

爭執

Tina

老爸前些時候說了一句：「姊妹要好好相處，不要吵架喔！」我跟Emily同時回答：「一定會吵架的啊！」老爸就默默閉嘴了。

其實，不用害怕發生衝突，一起開店後，就是因為這些衝突，我們才更互相認識彼此。不可思議，就算從小一起長大，原來我們所認識的對方，很可能只是自己的想像。也就是因為這樣，才會在起初的時候吵得那麼兇。

可能蔡家基因都帶著倔強和火爆，從剛開店起，兩姊妹的情緒就很激昂，一天到晚在吵架，互不相讓，吵到老媽整日為了我們煩惱，也跟著激動地說要收回店面，不讓我們開了。一家子任性，才開店沒兩個月，滿室風雨。

最初吵架的原因，現在想想很幼稚。比如一開始設定十點營業，理論上應該九點要到店準備，我因為負責廚房，八點要去菜市場買菜。每次九點準時到店，Emily卻常常中午才來，氣炸了我，而她的理由也很妙，總說反正現在也沒有什麼客人啊！現在想想也滿有道理，那時候應該放輕鬆些。

只是一開始很不悅，吵了老半天，甚至有一次賭氣罷工，Emily就獨自去開店，還倔強地說：「我一個人也可以。」可愛的老媽倒是很勇敢地說那她去幫忙，背起香奈兒小包包，很認真地出發。事後我問Emily，老媽有幫忙招呼客人嗎？Emily很不以為然地說：「怎麼可能，她是香奈兒夫人耶！老媽都窩在廚房忙著洗米或洗菜，根本沒出來。」我就笑了，真是為難尊貴的蔡媽了。

感謝老天眷顧，事情有了轉機。從剛開店就很照顧我們的念萱姐，有一天帶我們去找一位師傅算命。師傅很疑惑地說：「妳們怎麼可能生意不好，只要姊妹感情好，生意一定好啊！」這句話一直烙印在腦海中，大概就是從這個時候開始，雖然還是不斷發生爭執，但我始終相信「姊妹只要感情好，生意就會好」這個信念，我猜Emily也是一樣的想法。其實滿有道理的，白龍王在世時，不也常說人生在世一定要修練脾氣嗎？要有好脾氣，才有好運氣。

只是個性要改，真的不容易。所謂「江山易改，本性難移」，但至少我們謹記著這個準則，大吵完一定會哭著抱在一起和好。就是難為我們的同事了，每次風暴來襲，同事們夾在我們中間，不知做何感想？早期的同事東東就曾經很直率地說我們的情緒都好浮誇。事實上也是如此，不知道為何要如此浮誇到有些任性的地步，大概也是蔡家的遺傳吧！

最常吵架的時段，往往是店裡最忙的時候，也就是假日下午。明明滿室客人，吧台也坐滿了人，我們偏偏最愛挑這種時候吵架。嚴格來說，是我。每逢假日，心中的不悅特別張狂，要是Emily的回應很冷漠或一副「我就是這樣，怎麼樣？」的嘴臉，馬上點燃怒火。加上當時我就是個很情緒化的女子，一旦情緒失控，根本無法控制心性，衝突馬上產生，事後才懊悔反省。

但在這樣的過程中，很微妙地，我們慢慢理解眼中的彼此或許不是原本的想像，所以我們也一路慢慢適應著彼此在工作中的模樣。漸漸地，爭執減少了，但我們都很清楚，遲早還有下一次，只是時間間隔愈拉愈長。我很感謝Emily，在我學著讓步的過程中，我發現其實她也試著在讓步。

看著她的壓抑，總是讓我的忍耐化為感動和感謝。當然，有時候我依然收不住情緒，就會爆發爭執。於是，雖然我們依然是一對感情很好但很會吵架的姊妹，但愈來愈懂得以一種不同於家人的身分，而是同事情誼的心態尊重彼此想法，互相協調，學習開放溝通。我想說，Emily，謝謝妳的退讓，我會學習讓自己更加能控制心性，即便我曾經在妳的手機來電顯示中是「瘋女人」。

Emily

當兩個非常不一樣的人，要一起去做同一件事的時候，爭執好像都是無法避免的。店面一邊在裝潢的同時，我常常需要在外面跑來跑去，尋找、確定店裡要用的設備器具。因此相較之下，踢娜比我待在工地監工的時間自然多了一些。在幾次需要去工地現場討論及監工而我沒到的狀況之後，踢娜對我感到不滿，認為我對於工地的參與感不足，但我想其中當然也有參雜「為什麼另一個人沒有一起在工地吃灰」的不平衡感作祟。

而我這方面的想法則是，我對於空間美感一向沒什麼意見，比較起踢娜身為專門跑居家美感採訪的記者，我能給的只有在之前的工作經驗裡，什麼樣的工作動線會比較好。除此之外，美感的部分就算我給了意見也通常沒有被採納，實在不知道我到了現場又有什麼用呢？而另一方面，在專業設備的選擇採購，也是踴娜無法幫得上忙的，若是兩個人都在做同一件事情，卻沒有雙倍的效果，那到底為何要浪費另一個人的時間呢？

每每在爭執的時候，每個人說出自己的立場總是會被另一方覺得是藉口。或許踴娜在幾乎每天都需要去工地看的流程裡，無法像我可以跳脫一下，出去用機器、試豆子、找餐具，因此也必然會覺得苦悶。然而我出去拜訪廠商的行程，由於她不知道我到底都在幹嘛，所以在她的幻想裡，我大概都在百貨公司吃冰淇淋逛街看電影，都更加令她覺得自己很辛苦。

但實際上，我這方面也有需要完成的進度，像是跟廠商聯絡、簽約、下訂，安排到時候設備要進場的時間跟順序，估算需要的杯具杯盤，設計菜單品項、呈現方式以及定價……等等，對於我來說，我這部分的工作內容，也是對方以一句「這些我沒經驗，妳決定就好」而變成了我需要獨立完成的工作呀！

在這些時間、金錢、壓力、疲勞等等許多因素的加乘作用之下，吵架完全無法避免。但我的想法是，沒有人可以完全理解另一個人需要承擔的壓力，我不能了解對方，而對方也不能了解我。但實際上，被理解也不一定是必要的。畢竟壓力無法衡量，沒辦法把兩個人的壓力集中之後過秤除以二，再平均分配出去。難道透過所謂的公平，就可以解決問題了嗎？所以我認為當下唯一能做的，只有把目標快速達成，消滅壓力源才是解決的方法。

但事件總是像聚寶盆一樣，協調解決了一個問題之後緊接著另一個問題又會出現，如果不是因為我們是血緣姊妹永遠拆不散，照我看來，若是開店的合夥對象，沒有彼此熟稔到已經認識對方一輩子的程度，應該早就拆夥甚至反目成仇了吧！

從此之後，只要有人問我合夥開店適不適合，我幾乎都回答：「要合夥基本上就要隨時準備遲早會失去這個朋友！」就算自己的心態準備好要面對難關了，但卻無法預想對方也會有一樣的共識。只能說，開店好難，溝通好難，合作好難，人生也好難喔！

蹺班

Tina

從開店迄今，我跟Emily的確盡心盡力，事必躬親。但偶爾也有我們無法承受的壓力或情緒，於是我們都曾經蹺班過，而我是率先執行者。

蹺班一定有原因，而我的原因很簡單，而且跟你們正在看的這本書有關。莫約五六年前吧！作家念萱姊突然說要幫我們姊妹出書，大家也興致勃勃勾勒了許多美好幻想，比如要寫什麼？要怎麼寫？當時是打算用日記的方式出書，於是每周必須打個一兩篇稿子應該也很合理。對我來說，這是很容易執行的事，畢竟我的確是一個每天都可以有很多感觸、感想的人，但那時候對Emily來說或許非常困難，在這樣的分歧下，我很認真執行，Emily卻拖拖拉拉，在互相缺乏理解與體諒下，衝突很自然地發生。

會導致蹺班很主要的原因就是，我那時候每個月問她一次什麼時候交稿，她每個月回答都一樣。比如我六月問她，她說六月底給；七月問她，她說七月底給；八月問她，她說八月底給；九月問她，她說九月底給；但其實她每一個月都沒有給。

終於，我在十月分爆炸了。因為我覺得她對於每個月給我的承諾根本就不在乎，也不解釋，讓我很不能接受。而且每次跟她說，她一副「就是這樣，怎樣？」的嘴臉。當時我真的不能理解，難道可以這樣一直給別人承諾卻不履行，而且還覺得理所當然嗎？

我不懂，但事情需要解決，於是這本書曾經暫時停擺。我記得當時還跟念萱姐說抱歉，可能無法再繼續下去，然後就一路擱著了。

蹺班對一間店必然是傷害，我很抱歉。但那時候我對於不斷被晃點以及不願意解釋，著實承受極大委屈。到現在我還很清楚記得那一天，是四年前十月底的某一天，天氣和煦，陽光普照。當時廚房的碗盤堆疊到快溢出來，烤箱裡還烤著一模起司蛋糕，我在廚房裡看著將近客滿的YABOO，心裡很氣，每次吵架從來講不過Emily，她都一副「妳就是瘋婆子」的表情，態度永遠都是漠然和輕視，好像看妳情緒激動她就贏了。

我一邊想著該出的餐都出完了，暫時應該不會有餐要出，烤箱的蛋糕和流理台裡頭的盤子雖然多，但不是不能處理。我猶豫了好一會兒，評估現場再怎麼硬，樂樂跟Emily應該接得起來，而我實在無法再待一分鐘，忍受Emily那種輕蔑的眼神了。

但你說我後悔嗎？我不後悔，因為那個當下，我實在照顧不到店裡，當時我的心，不夠堅強。

我常常覺得，生命真的是一場累積，人心被迫在艱難中撐得更大更柔軟，才活得下去。蹺班事件後沒多久，我開始每天打坐，想尋求內心平靜，很單純的一個理由，畢竟生命中有太多太多我不理解的事情。於是每天早上、晚上，一定排出時間打坐，雖然當時不知道到底這樣做會有什麼實際功效，甚至已經打坐半年，感覺根本沒什麼變，內心還是好痛苦的時候，覺得自己好傻愣，卻還是一直做著。但也就是打坐後的半年，突然某一天我在家裡，正好丟垃圾到垃圾桶的當下，突然覺得心大了一些些，更平靜了一些些。於是我確認打坐對內心的確有所幫助，只是必須一直持續去做，但不能問什麼時候會有成效。

而關於我跟Emily一直以來的衝突，包括我的蹺班事件，也在開始打坐後，嘗試努力調整自己的情緒化。因為透過內觀，我發現事情永遠都有更好的解決方式，雖然Emily的做法或表達方式確實讓當時的我很不喜歡，但控制不住情緒，而且沒有試著去了解狀況，卻是我極大的問題。

當然，改變是一輩子的課題。在我嘗試調整的同時，我其實感覺得到Emily也試著更承受我的情緒化，卻趕不及我的調整速度。於是衝突依然存在，只是時間拉得比較長了。即使是這樣，也難免遇到Emily有承受不起的時候，於是她也蹺班了。

因為我做過一樣的事，所以我不會責備Emily，而且當時的她，的確是處於內心相對脆弱難受的時候，為此我懊悔許久。不過當下也苦了跟我們搭班的同事，而且是一個才上班不到兩個月的新人。Emily離開時，我正好手頭上有餐要出，同事問怎麼辦？我說：「我現在要出餐，顧不到你，你盡量出你會的飲料，等我出來幫你。」然後我就轉頭進廚房了。還好不到一個小時，就有同事回來支援，順利度過難關。只是這件事被同事叨念了兩年多，叨念到他莫名其妙成了我們乾弟都還在念。我想那一天的情景他可能畢生難忘，甚至不能理解怎麼會發生這樣的事？就跟我當時不能理解為什麼Emily會這樣對我？或許Emily也不能理解我為什麼會這樣對她？

其實我是到最近兩年，才體認到人與人之間永遠都存在不能理解對方的時候。這些所謂的不理解，造成了衝突，甚至衍生無法控制的狀況和情緒，而互相傷害。如果我一直在乎為什麼Emily這樣對我，就不會了解，原來當時她雖然用毫不在乎的語氣和表情應付我，但其實寫不出來這件事她比誰都慌。滿不在乎，只是一種保護色。

所有事情會發生，都是當下必然的發生，重點是，我們看到了什麼？我們之間的衝突確實讓我更了解Emily。也因為多了一點點了解，對於很多的不理解就可以更加不在意。有時候就是太在意那些不理解，才苦了自己的心，唯有放下情緒才會發現，那些根本不重要。

只是改變真的是一輩子的課題，我相信我的情緒化是背負一生的課題，只能承諾會愈來愈好，卻不能保證不再犯。就如同我相信我跟Emily的衝突會一直存在，只是透過互相理解跟包容，爆發的頻率會愈來愈少。有人說，這會不會只是忍耐？我倒覺得修忍辱本來就是生而為人的功課，要忍耐還得忍得住。能忍得住，對我這種暴怒性格來說，確實不容易了。

生命的峰迴路轉，是一場無法掌握的編劇。因為念萱姊轉介，悔之大哥願意接手，才讓這本書重見天日。而如果當初沒有發生那些衝突，這篇文章也不會出現在書裡。更感謝煜幃重新架構了書寫的模式，改用事件取代日記，破解了Emily苦於無法對每日發生的事有磅礴情感的困擾。

「所有的安排，都是最好的安排。」

Emily ——

從小到大，蹺課這種事每個人肯定都有做過幾次！

姑且不討論是不是另有要事，需要選擇放棄上課這種情況，而是一種很單純想要逃跑，想要逃脫當下固定的生活節奏，同時也是一種再不逃離就要窒息，遇溺想要求生般的趨力之下，所做出的不負責任的行為。小時候或許還好，畢竟只是學校上課而已，影響最多的大概也只有自己的期末分數吧！但是出社會之後，因為開始有自身的工作責任需要被考慮，如果任意蹺班，影響就變大了很多，因此自己會給自己許多克制，再也不能隨便任性地出走。就算不慎真有了那陣想逃離的衝動，心裡還是會想著，如果自己突然消失，工作因此轉嫁到同事身上，影響了同事怎麼辦？影響了老闆對自己的觀感，喪失加薪的機會怎麼辦？如果自己在其他人眼中，變成一個不負責任、不可靠又不可信任的豬隊友怎麼辦？總之人長大之後有好多的考量，有很多的放不下，蹺班對我這種自我要求比較高的人來說，就變成了罪無可赦的死罪，是一個打死不能犯的錯誤，甚至連「蹺班」這個念頭的出現，也是不能被容許的。

出社會工作後，無論如何我都風雨無阻也要完成工作，甚至是在身體微恙時，只要不嚴重依然還是抱病上班，一直到後來自己開了店，這股堅持的力量更加鞏固。不過，凡事在遇到意外時總會有例外，像是有一次，我們兩姊妹雖然偶爾會有根筋不對，在店裡一邊上班一邊吵架，一般來說我的吵架風格是冷漠加上冷言冷語，配上我的長相，基本上就是眼神很冷、殺氣很重的模樣，但是一轉頭，我又會笑臉面對客人。偏偏這樣的我就是踢娜最受不了的模式，她會覺得我都沒在聽她講話，好像只有她自己被氣個半死但我似乎根本沒有受到她的刺激，因此她就會更生氣、更激動，然後我就會更冷酷，接著就會形成一個惡性循環鬼打牆的吵架模式。

那一次的吵架偏偏適逢周末最忙的時候，一邊忙又一邊吵架，讓我們兩個都耐心下降，情緒浮躁。客人一波波湧入，待出的點單開始在吧台上面愈排愈長，我們依然還沒吵完，就在那一個最忙的時間點，另一波點單又湧入吧台與廚房，這時候踢娜突然拿起包包，丟下一句：「我要回家了。」嘴角帶著一絲復仇的笑意就這樣快速走出店門，留下我與另一個員工不可置信地傻在吧台裡。不過我們沒有多少時間可以拿來傻眼，幾秒鐘之內我們重新擬定戰略，效率及火力全開，用短缺的人力配置打完這一場硬仗，總算安全撐到晚班來接班。雖然白天我們兩姊妹的架只吵到一半，但下班之後我也已經累到沒力氣生氣了。事後月底看報表發現，踢娜蹺班當天剛好也是當月業績最好也最忙的周六，因此她的蹺班復仇計畫也算是實行得非常完美。而在她那一次蹺班後，當時最讓我生氣的大概是她惡意蹺班卻一臉爽快，事後也沒有任何悔意，所以在之後兩年間，這件事時不時會一直被我拿出來說嘴，直到，我自己終於也蹺了一次班。

回想起我蹺班的那一日，是在一個風和日麗的六月天，兩姊妹又不知道哪根筋不對，開始犯沖對嗆找架吵，只是那一次的爭執正逢我情緒上的低潮期，當天甚至還沒開始進入忙碌時段的轟炸，我的耐性就已經到達極限，而我發現，我最重要的臭臉笑臉切換功能，在面對客人時已經快要失靈了！對我來說無法笑臉面對客人，就是情緒快要失控的徵兆了，我無法接受讓客人看到我的臭臉啊！同時又看著踢娜露出我總算被她激怒了的勝利微笑，我當下就決定，今日，就是我的復仇之日了！因此我帥氣地拿起包包，直接走出店門外，留下吧台另一名同事。

其實回想起來，最衰的永遠都是跟我們兩姊妹搭班的第三名戰友，除了在兩位老闆娘吵架的時候不敢靠近，還要捱過相對之下感覺變得漫長的上班時間，甚至還要「被蹺班」，因此多承受一．五倍的工作量，其實我心裡真的是歉意萬分。而我離開店半小時之後其實也冷靜了不少，心裡也覺得非常內疚，原本想要回去店裡繼續工作，但是當天原本休假的同事知道我蹺班後，馬上趕到店裡頂替我吧台的位置，也貼心地要我先好好休息一天，因此雖然引起了騷動卻沒有造成太大的影響，唯一最受影響的，我想大概只有當時傻眼看著我走出店門的那位同事了吧！畢竟之前踢娜蹺班的事件已經有點久遠，對他來說可能只是一個有趣的故事，沒想到那天就被他遇到舊事重演，在當時吧台空窗的半個小時之中，還在受吧台訓練的他不得不讓自己硬著頭皮上陣，而我的蹺班事件，除了事後要聽他虧我「老闆竟然敢蹺班」之外，也要聽好幾次他當時有多罩，有多處變不驚的英雄事蹟。

這些蹺班事件在情緒被消化之後，回憶起來其實還滿搞笑的。雖然這個行為是真的很不可取，但因為是非常難得才發生一次的狀況，同時也要慶幸並沒有發生太災難性的後果，我們才能夠把它當成一個珍貴回憶。由於我們各自都蹺班過一次，在還有羞恥心的狀態下，我們再也不會動不動就把彼此蹺班的事情拿出來講了。相信再過一段日子，這些都會變成一段，只有老員工們才知道的歷史故事吧？

一切都是因為曼德拉效應，或平行時空？

Tina ——

你有沒有過一種經驗，比如明明記得朋友派來的司機，開的是白色車子，而且不只是你，包括和你同行的夥伴們都是這樣記得，但後來卻變成是你們錯了，車子一直都是黑色的。但你回想，從距離上車、下車，然後再上車，也不過才一個多小時，怎麼會這麼巧大家都記錯車子顏色？會不會每個人或多或少都有這種經驗呢？明明很多人的記憶都跟你一樣，但現實的呈現，卻是你們都記錯了。

Emily在前陣子某個我們有些激烈爭吵的晚上，突然傳來一個叫《曼德拉效應》的影片連結給我，片長大約十三分鐘，我很認真地把它看完了。我知道她的意思，因為當天吵架時，我們為了一句我明明有聽到她說的話，但她堅持沒有而爭辯，這種類似狀況，從小到大我們經歷太多了。我每次都很生氣她為什麼總是不承認，然後她每次都會說我有病，叫我去看醫生，這根本是固定台詞。但近一兩年來我有嘗試調整思維，試著去理解成「因為她太激動了，所以根本不知道自己說過什麼」。但那一天晚上她傳來這個影片連結時，卻讓我意識到，難道她真的沒有說？

我馬上打電話給她，很認真地詢問她：「所以妳真的不是因為忘記自己說什麼，而是因為真的沒說嗎？」她很認真地回答我：「對。」但我真的有聽到啊！總不可能從小到大都幻聽。那一天晚上，估計我們倆都為了「曼德拉效應」所牽涉到的平行時空而Google了很多資訊。

說實話，我是相信平行時空的。之前幫我們姊妹倆算紫微斗數的章老師說過，平行時空是互相影響的，如果我在當下的時空愈平靜，愈能帶動其他時空當下的我的情緒。當時討論到這些時，我還很認真地因此打定主意要繼續保持打坐習慣，希望這個時空的我，能幫助到其他時空的我，但我卻忘記置身在這個時空的我情緒激昂時，也可能會讓別的時空影響到我。

如果真的是這樣，那從小到大我們不就白爭吵了嗎？突然覺得很好笑。《金剛經》

裡頭說：「一切有為法，如夢幻泡影，如露亦如電，應作如是觀。」我一邊聽著Emily說她從小就為此很困擾，而她也是認真地從小到大都覺得吵架時的我是瘋子時，我只想到這句話，以及難怪過去在她的手機裡，我的手機號碼名稱是「瘋女人」。完全可以理解！

這個世界上，什麼是真？什麼是假？有時候真讓人困惑是吧！但近兩三年，除了透過打坐學習控制情緒之外，很多事件的發生都讓我了解到修養心性的重要。當心愈平靜，就會愈柔軟愈安定，愈不容易起批判的心。當愈能做到不批評，不比較，不評論，不執著，就能減緩許多爭執和情緒。尤其是如果真的是因為平行時空的影響，那麼會不會是因為每次爭吵時我個人情緒反應太大，才導致這種狀況發生呢？還是Emily表面看起來很平靜，其實內心情緒反應比我還波濤才導致的呢？

總之，關於平行時空雖然沒有科學證據能夠佐證，但我知道Emily並不會為了辯駁而故意找這種影片矇騙我，所以只有一種可能，就是它或許是真的。那也代表或許很多我們覺得匪夷所思的事，都是這樣發生的。比如我很訝異她為什麼會犯的錯誤，可能不是她的問題？或是她以為我會去處理的事，而且我也記得明明處理了，但卻出了錯！這些諸如此類的事情造成的爭執，會不會都是因為「平行時空」？

當然，這也可以當成是一種說詞，讓狀況發生時我們可以盡量免除爭執，改用比較幽默的方式去解決，比如跟對方說：「啊！一定是因為平行時空啦！」然後重心放在解決問題，畢竟無論是什麼原因，現實的狀況都是必須處理的。

無論是稱做「曼德拉效應」或「平行時空」，都給了我很大啟發。加上前年的年底，我採訪過李焯雄大哥，當時他因為出書而接受一場對談式採訪，在書中，他一直強調不要當下下判斷，時間拉長一點，我很是認同。今年我更是給自己一個功課，「盡量」不評論，不下判斷，不批評。但對於我明明親耳聽到，卻實際是因為「平行時空」而錯亂的現況，倒是從來沒思考過。如果我親眼看到，親耳聽到的事實，都不是事實，那麼，何況是那些非我所見所聞的事？這種種的狀況，是不是在提醒我，一定要做到盡量保持平靜，才能保持客觀，才能做到盡量不評斷？

今天早上去逛了北京的雍和宮，過去曾是雍正爺做親王時的府邸，如今已是藏傳佛教寺院。大殿的柱子裡有一些話，我記錄了其中幾句：「接引群生，揚三千大化；圓通自在，住不二法門」以及「超二十七重天以上，度百千萬億劫之中」。其實我沒有理解得很通透，但看到那句「度百千萬億劫之中」時，眼眶著實有些泛紅。尤其一踏出大殿，看到一排人匍伏在地上跪拜，如此虔誠，讓人動容，但人類的劫難何止百千萬億劫呢？人類在千迴百轉的生命中，每一世的學習，終究是放下執著，去除偏見。談何容易，又不得不做。人心之苦，肉身之艱難。

談論著這種玄之又玄的話題，有時候Emily會覺得很煩，可能店裡的同事聽得也很煩，甚至你們也看得很煩。但這些思考的確已經融入我的日常中，而且，或許也可以幫助到人？就像前陣子有一名記者來採訪我們，不知道為什麼我聊到了二十多歲時曾經被資遣，但資遣無法打擊我的信心，因為我的能力不能用這樣來衡量，何況整體狀況根本是整個部門都被裁員了。除了這件事，很多過往經歷都告訴我社會很殘酷，現實很殘忍，任誰都要經歷風風雨雨，跌跌撞撞，因此我一直希望YABOO帶給客人的，不僅僅只是一杯咖啡，因為有時候人真的很需要別人幫一把。一個親切的微笑，一個貼心的舉動，就足以給予希望。

記者突然跟我說：「我最近就是剛好被資遣，太謝謝妳跟我分享這些了，讓我安心許多。」是吧！緣分就是這樣，你必須相信你做的事情是有意義的，然後持續去做，無論有沒有回應。我想，無論平行時空的存在與否，總總跡象都在透露著人必須學習更柔軟、更寬容，以及保持平靜。雖然我說得好像很玄，但所有的一切其實只是希望自己盡量不要情緒失控，變成瘋婆子罷了！真的很不好聽，也很不好看。

老實說，開店八年多，我雖然希望盡量把溫暖帶給別人，但種種事件的發生，何嘗不是我的課題？就像當Emily傳來了這則影片，無論我聯想得多寬多廣，但更重要的意義是，它化除了從小到大在這件事上我對Emily的疑惑。我不否認，關於她總是不承認自己說過什麼這件事，真的讓我既生氣又困擾，尤其她每次都會反過來指責我有病，我為此真的快氣瘋了。但看過影片後，那從小到大累積的情緒都灰飛煙滅了。

不要發揮記者魂，不要什麼都打破砂鍋問到底，不要什麼都據理力爭。很多事情，可以更加寬容看待。我從「曼德拉效應」牽引出來的平行時空，得到了這些理解。

Emily ——

本來就很喜歡鬥嘴的兩姊妹一起開咖啡店，不用猜也知道非常容易一言不合就吵了起來，至於會引起爭執的事情，不管是私事或是店務，嚴重性不管由小至大都可以吵得天崩地裂。吵架要輸贏不難，難的是吵完之後，要如何迅速回復正常，讓店裡可以好好營運下去呢？這時候除了要快速放下心裡的不滿之外，也需要一個合理的解釋讓雙方都有台階下，因此，南非總統曼德拉就成了我們最好的和事佬。

為什麼會是曼德拉呢？其實是因為在二〇一〇年左右，在陰謀論的領域有一個「曼德拉效應」的說詞出現，這個效應是指一些人、事、物件的現實狀況，與大部分人的記憶印象不相符，但凡出現這個現象，就稱為「曼德拉效應」。這效應名字的由來，是來自有關前任南非總統曼德拉的實際個案。曼德拉總統於二〇一三年離世。但是，在早於二〇一〇年的時候就有人提出，他清楚地記得，曼德拉於八〇年代的時候，已在監獄中離世。提出的人能夠陳述當年自己看過的報導、葬禮的電視片段，甚至是曼德拉遺孀賺人熱淚的演講。當這個說法提出後，竟然在網路上得到大量的回應，表示他們也有相同記憶。從此，當現實與人們的集體記憶出現不相符時，就會被標籤為「曼德拉效應」，這個陰謀論懷疑有神祕的龐大力量能夠改變歷史，但卻在部分無法被改變想法的人腦海裡留下線索。

我看到這個效應之後，又另外看了許多被懷疑有神祕力量改變歷史的案例，舉凡像是甘迺迪刺殺案，當時總統所乘坐的轎車到底是四人座亦或是六人座呢？威士忌牌子約翰走路，本來就是Johnnie Walker嗎？原本不是Johnny Walker嗎？甚至連飾演燕赤霞的午馬，我怎麼記得有兩次他過世的消息呢？他不是也早就過世了嗎？在查完一大堆案例之後，我心裡真的禁不住被陰謀論所主張的臆測影響著，難道真的有神祕的力量在改變歷史嗎？亦或是有發生在平行時空的事物穿越了，而造成那些少數人記憶錯亂呢？不過在心裡那個強勢又秉持著一切都是科學可以解釋的我，覺得這一切只是群眾自行腦袋補強資訊之後的產物，我只是偶爾看一看陰謀論在流行什麼，畢竟內容也是挺有趣的。

然而，由於之前店裡發生了一些羅生門事件，引起兩姊妹的爭執，我們彷彿活在不一樣的時空，各自發現了對方的毛病，當事人卻一點印象也沒有。像是兩個人吵架的時候，她說她前一秒聽到我說了一句話讓她很不滿，我其實根本連想都沒想到過，更不用說我有沒有把它說出口了。再不然就是她某些「記得很清楚」的事情，信誓旦旦地說有處理好，可是實際上卻因為沒有交接好而出錯。或者是我不在的時候她發現保險箱沒有鎖，雖然只有我們兩人知道密碼，但是她卻認為最後開啟的人肯定是我。可是這麼嚴重的事，這幾年都沒有發生過，偏偏一個月內發生了兩三次，這些根本沒有旁觀的目擊者也沒有證據可以證明事實的狀況，通常吵累後我們也只能讓它不了了之。因此，我特別找了個介紹「曼德拉效應」的影片，把它傳給踢娜看，跟她說：「妳看！一定是妳靈氣太高，不停地在穿越時空，所以妳才會被我攻擊說妳有幻聽、幻覺，但其實不是妳或我任何一個人的錯，一定是因為時空錯置了，所以有些話是異次元的我講的，保險箱也是異次元的我開的，甚至其實根本就是妳穿越了！」一開始踢娜還氣憤地回我：「為什麼是我穿越時空?!為什麼不是妳穿越?!」另外開啟了一個搞笑的爭執。不過在自以為幽默地創造了一個台階給兩個人下之後，我們兩個卻開始神經質地討論起了「曼德拉效應」

的案例，就在兩姊妹對於「曼德拉效應」在心裡信一半的結果之下，曼德拉之後就在我們的溝通障礙上，扮演起了很重要角色。

其實不管有沒有「曼德拉效應」可以墊背，有時候狂暴的爭執的確都是於事無補的，最重要的永遠都是已經出現的問題，到底該如何收尾解決。「曼德拉效應」可以讓我們直接略過最沒意義的部分不去追究，而直接跳到最後解決問題的階段，真的是讓我們省了不少時間呢！

然而會選擇開咖啡館的我們，在靈魂深處都在抵抗著，不要讓自己的心被現實給社會化，希望我們依然保持著原本的赤子之心，看得到熱情，相信著奇蹟，相信著純真的愛與熱血，也相信著所有人內心的夢想都能夠因為付出的努力而實現。我們只怕對於周圍的一切都已經麻木，感受不到喜怒哀樂，甚至擔心若發生一些雖然無關己身但卻不公不義的事件，我們會不會冷漠地視若無睹呢？在這個前提之下，這麼靈氣逼人又感性的我們，就算百分百相信著「曼德拉效應」，那又怎麼樣呢？呵呵。

番外篇

最近開始學咖啡

Tina

最近，開始學起咖啡。

關於學咖啡這件事，我是有點恐懼感的，畢竟剛開店時，我也是一度想要認真學咖啡的呢！但當時我的妹妹Emily教學非常嚴厲（硬要強調這件事），加上可能剛開店一切都還讓人不安，彼此脾氣都很火爆，我會因為她不耐煩的口吻而生氣，為此吵翻天了，大抵就像兩隻母老虎在搏鬥的場景，反正最後我也就不想學了，非常幼稚。

但去年整間店都去班遊玩耍時，我因為擔心月底付不出貨款所以留守開店，什麼都可以出，唯獨手沖和義式咖啡不能出。想不到，好多客人露出失望的表情讓我心裡一揪，當時心想：「可惜沒有學手沖，不然好歹可以出個咖啡。」學咖啡的念頭又萌生了，加上另一個非常幼稚的理由，就是我每年都會學一樣東西，無論是什麼，唯獨去年都快到了年底十二月，居然什麼都沒有學，內心感到非常生氣的我，在十二月二十二日那一天，剛好Emily待在二店，總之，開始抓著她學起手沖。

這一學就欲罷不能了。這八年來我雖然沒認真學，但在旁邊跟著聽看，多少有一點點基礎，加上Emily真的教得很好，理論清楚明確，她還講了一個關鍵句：「手沖必須人水合一，其他就交給豆子發揮。」多麼奧妙的說法，更是讓我好奇心大起，想知道到底控制好水柱和分配每段注水量能夠有什麼樣的差異。不得不說，還真的影響很大耶！有時候我只是水量沒控制好，就喝的出來到底是發生了什麼事，真是可怕，完全騙不了人哪！但也因此，很具挑戰性。

而且Emily很會出功課，比如一開始她要我用下架豆練習，因為下架豆的風味呈現已經衰退，尤其一開封後更是急速衰退，為了讓風味能夠盡量呈現，會特別觀察水柱和豆子之間的關聯。那時候也沒想太多，總之她叫我做什麼我就做什麼囉！於是我真的非常認真地觀察每一次手沖練習時的狀況，在一開始一片模糊的狀態下，一天甚至會練習七到八次，密集練習加上不斷詢問下，在第二個禮拜時突然像茅塞頓開般，對於依照

YABOO
Café
GUATEMALA
EL PINAL
HONEY GEISHA
Emily

不同豆子去研判每一段注水的水量應該怎麼抓，以及該怎麼控制水柱粗細跟水柱的翻攪如何掌控有了一些心得。

只是那時候一直在練習下架豆，風味呈現就是比較沒有新鮮豆鮮明，我還問過Emily什麼時候可以沖新鮮豆，她給了我一個很有趣的回答：「妳就盡量練習下架豆，沖一沖之後偶爾沖一下新鮮豆。」嗯哼，我就聽懂了，總之先不要浪費新鮮豆就對了。

到了第三個禮拜，終於，改換成練習新鮮豆，果然如她所說，新鮮豆比較好掌握，每次沖煮時都沖得還不錯，但這時候又是另一個關卡了，Emily跟我說：「妳每次都沖得不錯，但每次都像不同的人沖的，妳必須擁有自己的心法。」說起來也好玩，正巧這時候我嘗試了巴拿馬豆，一試就著迷了，完全愛上巴拿馬豆的清甜優雅，就像是以前我買過大溪地香草豆莢做甜點。來自大溪地的香草豆莢，氣味淡雅的像氣質出眾的貴婦；來自馬達加斯加的香草豆莢硬生生變成濃妝豔抹的美女。我在巴拿馬豆喝到了大溪地香草豆莢帶給我的驚豔感，根本不敢想像產自巴拿馬的瑰夏該有多好喝，我實在太愛了，還第一次花錢購買了Emily的豆子。Emily說等我練好，再買巴拿馬瑰夏給我喝，我馬上說：「不要，太可怕了，喝完愛上怎麼辦？」

因為喜歡巴拿馬，我甚至自己花錢買了豆子，而且是原價購買，Emily說幹嘛要這樣，就沖店裡的豆子就好啦！但這是一種因為太過喜歡而展現的占有欲，雖然非常無聊，但不這樣做無法體現我對巴拿馬豆的喜愛以及珍惜。不過當我興沖沖拿著豆子回二店，並寫上：「Tina的。」二店的同事就找我PK了，結果兩三輪PK下來，豆子就只剩下幾顆而已。雖然心有點痛，但能夠在這麼短時間內跟店內的吧台手較量，也是滿有成就感的哪！

手沖的部分，因為概念我已經可以粗略掌握，剩下的部分得靠實戰經驗來掌握更多細節，我再心急也急不來，因此接著我就想學義式咖啡機了。那天我跟Emily說下周打算開始學，她回了我一聲：「蛤！」

我們都在咖啡店

YABOO鴉埠姊妹交換日記

作者 蔡婷如 Tina、蔡詩敏 Emily

封面設計 謝佳穎
內頁設計 吳佳璘
內頁攝影 林煜幃；蔡婷如(p.90)
內頁插畫 安崽(p.19,p.224)；Seven(p.209)
責任編輯 魏于婷

董事長 林明燕
副董事長 林良珀
藝術總監 黃寶萍
執行顧問 謝恩仁

社長 許悔之
總編輯 林煜幃
副總經理 李曙辛
主編 施彥如
美術編輯 吳佳璘
企劃編輯 魏于婷

策略顧問 黃惠美・郭旭原・郭思敏・郭孟君
顧問 施昇輝・林子敬・詹德茂・謝恩仁・林志隆
法律顧問 國際通商法律事務所／邵瓊慧律師

出版 有鹿文化事業有限公司
地址 台北市大安區濟南路三段28號7樓
電話 02-2772-7788
傳真 02-2711-2333
網址 www.uniqueroute.com
電子信箱 service@uniqueroute.com

製版印刷 沐春行銷創意有限公司

總經銷 紅螞蟻圖書有限公司
地址 台北市內湖區舊宗路二段121巷19號
電話 02-2795-3656
傳真 02-2795-4100
網址 www.e-redant.com

國家圖書館出版品預行編目(CIP)資料

我們都在咖啡店
YABOO 鴉埠姊妹交換日記／蔡婷如，蔡詩敏著
一初版．一臺北市：有鹿文化，2018.4
面；公分．一（看世界的方法；135）
ISBN：978-986-95960-3-9

855 107002278

ISBN：978-986-95960-3-9
初版：2018年4月

定價：350元